MATUSALÉM DE FLORES

CARLOS NEJAR

MATUSALÉM DE FLORES

EDITORIAL

Copyright © Boitempo Editorial, 2014
Copyright © Carlos Nejar, 2014

Coordenação editorial
Ivana Jinkings

Editoras-adjuntas
Bibiana Leme e Isabella Marcatti

Assistência editorial
Thaisa Burani

Capa e imagens internas
Natasha Weissenborn

Diagramação
Antonio Kehl

Produção
Carlos Renato Silva

CIP-BRASIL. CATALOGAÇÃO NA PUBLICAÇÃO
SINDICATO NACIONAL DOS EDITORES DE LIVROS, RJ

N339m

Nejar, Carlos, 1939-
    Matusalém de flores / Carlos Nejar. - 1. ed.- São Paulo : Boitempo, 2014.

    ISBN 978-85-7559-392-9

    1. Romance brasileiro. I. Título.

14-13987   CDD: 869.93
                                  CDU: 821.134.3(81).3

É vedada a reprodução de qualquer
parte deste livro sem a expressa autorização da editora.

Este livro atende às normas do acordo ortográfico em vigor desde janeiro de 2009.

1ª edição: julho de 2014

BOITEMPO EDITORIAL
Jinkings Editores Associados Ltda.
Rua Pereira Leite, 373
05442-000 São Paulo SP
Tel./fax: (11) 3875-7250 / 3875-7285
editor@boitempoeditorial.com.br | www.boitempoeditorial.com.br
www.blogdaboitempo.com.br | www.facebook.com/boitempo
www.twitter.com/editoraboitempo | www.youtube.com/imprensaboitempo

Noe Matusalém dizia que "nem tudo se define mas avançamos para as estrelas". E, Elza, com esses vinte e seis anos juntos, no amor foram as estrelas que avançaram para nós.

SUMÁRIO

13 Capítulo primeiro – Trata da condição do engenhoso Noe Matusalém, filho do seleiro Genésio, e de como a exerce. Bilbao Rudin, os ciganos e outras aventuras.

31 Capítulo segundo – De como Matusalém encontra seu escudeiro e companheiro de destino, o cão Crisóstomo, Sancho de lombo e patas. A estupidez e o pontapé, cilada do equilíbrio das espécies. Diógenes, o filósofo, e o conhecimento de Lídia.

47 Capítulo terceiro – Matusalém com o amor de Lídia no cândido quintal da infância, ou como os sonhos apanham alma. O mecanismo do relógio e o da vida.

55 Capítulo quarto – De como o tamanho de um homem é a fé. Ou de como Matusalém se acendia no amor de Lídia e de Crisóstomo. Ricardo Valerius e o nada que engorda o espírito.

63 Capítulo quinto – De como nos escapa o osso da consciência. Ou a energia desmedida do valente Matusalém, sendo existir um assovio no escuro. De como ganhou uma faca, menino, de Antonino, o ferreiro. Belgrano e Silvana, seus professores. O crescimento de Lídia entre Eunice e Florêncio. O reaparecimento de Bilbao Rudin com seu grupo.

77 Capítulo sexto – De como Noe Matusalém foi marcado pelo nascimento. E o cão escudeiro, Crisóstomo, não quis transmitir a um filhote o legado da miséria. A surpreendente cura de Lucília.

87   Capítulo sétimo – De como se viu, com a morte estranha dos pombos, o temor de um vírus. Matusalém avistou a invasão de homens pombos com rostos de parentes e percebeu quanto a loucura não cansa.

93   Capítulo oitavo – A perniciosa invasão dos ratos. Aqueles que os acolhiam pareciam-se com eles. Queriam penetrar nas mentes, e o sossego da consciência não garantia nem impedia o avanço sobre ela.

103 Capítulo nono – De como Matusalém, sob a chefia da governante Joana D'Alembert, arquitetou o contra-ataque aos perigosos ratos, que criavam espias e cúmplices humanos, expulsando operários e funcionários do trabalho. Um rato gigante do Serviço Secreto do Terror.

107 Capítulo décimo – De como Matusalém descobriu que a loucura não se mata. Mineradores subtraem preciosas pepitas de ouro do interior da selva. Isso faz crescer a cobiça de Limo do Desterro, povo vizinho, gerando uma guerra. O mistério de um explorador assassinado e as diligências da polícia. Batalhas dentro da floresta e muitos mortos. A glória devora a glória.

127 Capítulo décimo primeiro – Desolação de Matusalém. Os desastres da guerra, com prisioneiros e feridos. O general Agripino Flores, chefe do inimigo, é preso, julgado e condenado ao exílio. Depois de morto, é glorificado, o que sói acontecer.

137 Capítulo décimo segundo – De como a pátria não esqueceu os feitos do corajoso Matusalém, dando-lhe a Comenda do Branco Arco-Íris. No auge da fama, não aceita entrar na Academia de Letras de Pedra das Flores, por não ter obra de escritor. A inesperada ação dos piolhos e pulgas e como Matusalém os combateu.

143 Capítulo décimo terceiro – O ditoso nascimento de um filho, Noé Eleazar. De como o menino cresceu e se educou. O bicho-de-pé do garoto, libélula negra.

153 Capítulo décimo quarto – Vocação náutica do filho, que se formou em Oxford, na Inglaterra. E de como Matusalém lhe censurava a falta de medida ou excesso de imaginação. A seca na cidade, a radiosa água da condição humana e outras considerações.

171 Capítulo décimo quinto – O funeral e a compacta solidão de Matusalém. Noé Eleazar chega do exterior e constrói seu barco junto ao riacho Nuvem da Fonte. Pretende desembocar com a chuva no mar, achando que o milagre se inventa sozinho.

179 Capítulo décimo sexto – De como Matusalém se ligava ao futuro, era o povo. Sonho premonitório sobre o perigo que corria seu filho com a barca. A surdeira de Eleazar na ambição do projeto. Os leprosos curados na água do riacho. A velocidade da alma nas costas.

195 Capítulo décimo sétimo – Com a chuva, o barco de Noé Eleazar zarpa e, ao subir, explode. Cada coisa gera sua dor e feroz circunstância. Matusalém, Robinson Crusoé do impossível, luta a favor do amigo Aerovaldo Bernardes contra a burocracia. Sabe que, enquanto tiver palavra, permanecerá com o Oceano, seu velho camarada que não acaba e onde a terra principia.

209 Posfácio – De como o autor explica o brotar do livro e a metafísica dos percevejos, que são fruto da perseguição de Marcelino Lopes, poeta e geógrafo. A explicação da energia do nada usada por Noé Eleazar e a inspiração advinda de Diógenes, o filósofo. Mais a certeza de que com o leitor é que viverá o livro.

211 *Dados do autor*

*E foram todos os dias de Matusalém
novecentos e sessenta e nove anos, e morreu.*
Gênesis, 5: 27

*Nós somos mais velhos
do que a nossa vida.*
Edmond Jabès

*O melhor do novo é que responde
a um desejo antigo.*
Paul Valéry

*É sempre perigoso conter uma energia
explosiva, porque o momento pode vir
onde não terá mais a força de a dominar.*
Emil Cioran

*Há quem creia que ele [D. Quixote] não morreu; que morto, e
bem morto, está Cervantes, que o quis matar.*
Miguel de Unamuno

Sou medido pelo excesso.
Carlos Saldanha Legendre

A fidelidade tem quilos de ouro.
Longinus

CAPÍTULO PRIMEIRO
Trata da condição do engenhoso Noe Matusalém, filho do seleiro Genésio, e de como a exerce. Bilbao Rudin, os ciganos e outras aventuras.

Aqui não acaba o Mar nem a Terra principia. Porque o Mar não sabe como acabar, e a Terra já principiou muito antes e toma o espaço de vivos e mortos.

A paisagem não devora a terra como a terra devora a paisagem. E precedeu as plantas, as árvores e o homem, quando a natureza sabe mais de nós do que nós da natureza.

E a região se chamava Pedra das Flores, situada nalgum lugar do pampa, que é sempre medida do universo, com seu casario carregado de pombos em revoada, onde a memória não envelheceu.

A diferença entre os seres humanos e os animais se evidencia até nos sonhos. Com segredos que permanecem intocados como o limo nos epitáfios ou a fulminante ignorância do destino que a todos recobre.

E Noe Matusalém, que vos apresento, nem teve tempo antes, talvez para tê-lo demasiado depois, de se rebelar contra a autoridade paterna, já que a não conheceu. Genésio, o seleiro, se finou quando Helena, sua mulher, estava prenhe, com tiro no peito desfechado por um assaltante que restou anônimo, apesar das investigações policiais. E não havia lágrimas suficientes nos olhos dessa mãe, sepultada logo após o marido. E Matusalém viveu como se estivesse assistindo à lamentação e ao desastre na pele do barro e do ventre.

Não tendo, assim, pai nem mãe contra quem se rebelar, voltou-se para tia Marilda, que o criou e não tinha resistência, como pluma: só amor. E aceitou a sorte, também para não se revoltar contra si mesmo. E o passado não é mais tempo, é espaço que se move dentro de outro e outro. E a memória fere, igual à pedra que bate na pele, dói como remorso. Mas a diferença entre o louco e o não louco é de uma nuvem. E Matusalém foi arrancado, a ferros, da mais delicada e obscura caverna, quando chovia.

Este, leitor, não é o filho de Enoque, que viveu mais que qualquer mortal, embora o nome trace parecenças de costume e alma. Este, mais modesto, é Noe Matusalém, filho de Pedra das Flores, da família de Genésio, o seleiro. A diferença entre um homem e outro, datando de séculos, é tão desproporcional como a que existe entre espécies diversas de animais. Montaigne é que sabia disso, com o tempo que avalia e desagrega. E foram *Os ensaios*, para Matusalém, em boa parte, um *foie gras* de gustativo livro na cabeceira da fome.

E toda verdade é pantagruélica. Com demência de amor nas artérias e civilização avançando pela infância. E essa, pela civilização.

Noe Matusalém não se anunciava, impunha-se. Muito alto, ossudo, tez clara e olhos que ardiam. Calçava sapatos grandes, casaco e calça de brim azul. E, se diziam que se vestia mal, não reparava. Comentando: – Não é o que sou que veste a roupa, é a roupa que veste aquilo que sou! Em face da robusta e elevada compleição, não se dava conta da idade. A silhueta o destacava, ao atravessar a principal praça da cidade. Amiudadas vezes tinha um séquito, pelo carisma que seduzia com o dom de conselho ou de tutela, quando as pupilas avultavam. E Matusalém dava mais importância à avenida Petrópolis, com sua praça, que não entrincheirava a virgindade das árvores nas alamedas. Não a trocava por nenhuma outra. Ali as pessoas se atraíam e esqueciam de tantos desaprumos. E as notícias se enchaleiravam com força, inércia ou júbilo. Alteava-se a padaria com pães novos, cortejada por alguns mendigos que todos conheciam e com os quais se acostumaram. Como o mercado de abastecimento e suas caixas de produtos em liquidação na entrada. O meio-dia era o horário mais movimentado. Com o primeiro resvalar da manhã, Matusalém sentava num dos bancos da praça e via o desfile piedoso de seres, entre proprietários de firmas, balconistas, uns e outros acometidos do senso de preocupação e decência. Ou visitava o bar do Hectelindo, de mesas cheias para o café matinal, com as mãos enfiadas nos bolsos, atrás de uma conversa que vadiava entre o dono e velhos convivas. Mais distantes, bêbados se reconheciam ao ver como os copos dialogavam entre si. Matusalém os evitava. Desviando-se da cachaça, com a caneca sem lucidez, a colher de aguardente e as doces formigas nos nervos. Ou o fósforo de uma bebida que assobiava na fumaça do coração. Matusalém não contrabandeava alegria.

 E para o bem seja dito que nessa avenida não faltava luz nos postes da rua e permanecia limpa, apesar das árvores carregadas de pássaros e de frívolas folhas, que os varredores retiravam num ritual cotidiano. Bem diferente da transversal, mais pacata, quase abandonada. Ali vinha a marcha dos funcionários, de olhos caídos de sono, para as repartições. Além do cortejo de moças inquietas rumo a lojas e armazéns.

 Na ponta esquerda da praça, contemplava-se uma torre de pedra de uns dezessete metros. Sobre ela, em caixa de bronze, um relógio grande, também de bronze. O bater do martelo de aço dava as horas e notas do carrilhão, assistindo ao transitar de gerações.

 E, se o povo se afeiçoara ao relógio, ele se afeiçoara certamente ao povo. Tomara o nome de Alcaide Felício, aquele que o construíra e inaugurara, um pouco depois da fundação de Pedra das Flores. E era mais do que capricho, ou escrúpulo de não botar fora velharias, a manutenção do relógio: tornara-se familiar, aconchegante, oportuna e eficiente, com olhos nos ponteiros e números nos olhos. Tal se estivesse sempre obrigado a começar, de espreita, olhando, olhando. Mocho real pousado sobre um viveiro.

Houve um lapso de dois dias, em quase cem anos, que, por desaprumo de sua máquina e romper de alucinado parafuso, deixou de andar, como se tivesse sofrido um ataque de asma. Foi a exceção. Ou o voluptuoso atraso. Apesar de o tempo nele ter a profundeza das águas calmas.

Com o relógio, a praça, as árvores, Matusalém tinha prazer de ali estar, não trocando essa avenida por nenhuma outra. Menos ainda por maiores, como a avenida Azenha, ou a Partenon, ou nomes bonitos como Santarém e Alicante, talvez extraídos de algum dicionário geográfico. Nessa última, erguia-se à direita o prédio do Palácio do Governo e à esquerda outro de igual dimensão, também de pedra. Nesse, a parte térrea pertencia ao Fórum, ou Judiciário, o primeiro andar era ocupado pela Câmara Legislativa e o segundo, pelo Senado. Sem mencionar o bairro perto do monte, ou junto do célebre riacho Nuvem da Fonte, ou no caminho do Mar. Uma cidade e seus arredores, para Matusalém, é o que se recebe dela, sem nada pedir. Ou por ter algo de infância que virou as pernas para o céu.

No mais, morava em casa simples e a alimentação era frugal, sendo capaz de deitar no catre ou no pó como na cama de lençóis limpos. Não se engasgava de se atar à vida. De temperamento extremo, capaz de irar-se ou se enternecer. E, se havia traço de loucura nele, era o da bondade. Que o fazia, tantas vezes, libertar-se de si mesmo. Acreditava no futuro, ainda que para os outros fosse maçã solta do pé. E, quanto mais usava o futuro, menos ele se acabava.

A cidade Pedra das Flores era conhecida pelas rochas brancas que orlavam seus montes, como rendas de mesa fiadas em minúcia. Tinha o Oceano a banhá-la e, ao fundo, uma floresta espessa que a separava de Limo do Degredo, com prados e rios desembocando no mar.

Matusalém apregoava que "não há nada que mais acenda o coração que entender por dentro. Daí é que vem a luz sobre as coisas. Quanto mais luz, mais verdade!". E não discutia sobre

os atributos da imaginação. A ponto de achar o ato de imaginar o de pôr o tempo numa lâmpada capaz de aquecer o mundo. O que segura o mundo são os sonhos. E afiançava, ao ser perguntado como agia ao não entender as coisas:
– Deixo um eito, até mais, para as coisas me entenderem!

Noe Matusalém não era definível nem calculável igual a um teorema matemático. Um homem não se define nos números, mas é uma parte do que o consideram e outra do que construiu. Alguns o vislumbravam como força da natureza, com ponderável liderança e complexidade. Outros o tinham por criador de casos, um tanto truculento, talvez para assustar, mesmo que não o fosse. Ou por gostar de rir, aparentemente sem motivo, outros com ele se molestavam, achando-se objetos de motejo. Outros, ainda, viam-no com algum parafuso solto nas ideias, ou de ideias tão proeminentes que não o compreendiam, julgando-o injustamente como bobo, dado o espírito demasiado, tal se tivesse um tudo de nada. Essa ambivalência o enriquecia, fazendo-o temido e admirado. E, afinal, de tantas contradições se tece um homem?

Isso não levava Matusalém ao desequilíbrio ou a exibir certa pose. Tinha-se por cidadão precioso da invisível comunidade dos humanos. Não se podia afirmar que não lesse muito, o que lhe caía nas mãos, desde os clássicos, sobretudo padre Vieira e o historiador Tácito, ou Heródoto, ou Dante, espécimes escolhidos de uma ambulante biblioteca, onde não faltavam livros de cavalaria, como Amadis de Gaula, Chrétien de Troyes, com *O cavaleiro do Leão*, *Sir Gawain e o cavaleiro verde*, *Carlos Magno e seus cavaleiros*, *Lancelot e o Rei Artur*, *O valoroso do tirante*, *O Branco* e *D. Quixote*, achando que todos se completavam na aventura e que o ridículo não tem a ver com sua grandeza, nem com os feitos guerreiros que não paravam o tempo, ao se extasiarem de fala. E decorou os tercetos do soneto de Amadis de Gaula a D. Quixote de la Mancha: "Vive seguro de que eternamente,/ enquanto, ao menos, lá na quarta esfera,/ guiar seu carro Apolo rubicundo,/ terás claro renome de valente;/ tua pátria será em todas a primeira,/ e teu sábio autor, único no mundo". Elogio de Cervantes a si mesmo? Em Pedra das Flores, tal louvor era considerado vitupério. Mas havia que separar, avaliando a sonoridade dos versos e sua ambicionada perpetuidade. E o que resta ao criador no seu esforço sem peias senão pecúnia de esmolada glória ou a trêmula consciência de reconhecer, mesmo envergonhado, seu imperioso gênio? Mas o que Matusalém não desarrolhava na garrafa de entretidos pensamentos era a forma com que retirava dos aludidos livros páginas, todas comestíveis, algumas adocicadas, outras de sarro e sal, certo de que a melancolia não está na sua geografia, às vezes tortuosa, mas entre os corrosivos lábios. Com aflitiva e abrangente fome. E, no medo de que os livros se gastassem, para resguardar sua prestimosa essência, ele os engolia. Não há ideia que se aprecie melhor do que tê-la como flor na maxilar onipotência. Se alguém procurasse alguns dos volumes que ele ia errantemente visitando, encontraria saliências consumidas, esburacadas fatias de queijoso papel, despetaladas, ou buracos de ofuscante sentimentalidade, ou desvalido remorso da memória. Para Matusalém, estupidez não estava na avidez de absorver ou triturar os livros, mas sim de não fazê-lo, ou deixá-los a esmo, no cantochão dos desterros. Era preciso arrancar a estupidez. Arrancar a estupidez da estupidez. O amor sabe de antemão triturar do real o que não carece mais de mentir ou abranger. E o espírito do homem não perde grandeza, mesmo devorando.

No capítulo em que Matusalém encerrava a estupidez, achava-
-se a falta de equilíbrio na sublimidade com que muitos engraxam botas alheias e outros desfazem deliciosas reputações. Daí por que se aborrecia com os escarnecedores, sem sobrancelhas na alma, dúbios bufões da inveja. O que o engolfava na imaginação, ainda que ela não tivesse cura nem merecesse a demasiada fiança do bom-senso, era o fato de se apurar na luz e ciência do universo. Entretanto, de um repuxo a outro, às vezes nem a inteligência é capaz de discernir o ruído da estupidez, embora muitos possam se dar conta da estupidez do ruído. Mas havia uma solidão sem rumor em Matusalém, espécie intuitiva de absorção, inexplicável

e belicosa apetência, com paladar obsedante, já que nada se perde e tudo se devora (ó ferocidade da cultura!), quando ele, na paixão de ler, punha breves livros no bolso e, se ali não coubessem, trechos ou, até, barbaramente, cortava-os à tesoura ou faca, carregando os fragmentos ou partes que mais o interessavam para a meditação obstinada no banco da praça, na condução, num intervalo de trabalho, ou sob as árvores do bosque.

E se se disser que Matusalém é louco de cortar livros, mais louco seria se não os comesse e, ébrio, se não pudesse absorvê-los. Porque o que lê e não devora não lê. E o que devora e não lê devora o nada. E confessou, com algum pudor:

– Os livros devem ser mastigados, digerindo-se, no miolo, seu espírito.

Mas não se movia se alguém o criticasse por isso. Ou por quem o achasse grotesco. Ou se o considerasse demente. E sublinhava:

– Depois de comermos os livros, são eles que nos engolem e nos enverdecem, desde a seiva.

Dizia sem preocupação de escandalizar:

– Ler é existir junto aos cumes.

E gostou do som da frase. E a repetiu, falando sozinho, rutilante. Ele era desses transes. O que levantava o enxame de abelhas maledicentes. Mas, curiosamente, ao amar as letras, detestava a gramática:

– É a arte de espinhar o pensamento! – atirava.

Maliciosamente, alguém chegara a espalhar que seu juízo se fora durante o sono. O caso é que ninguém se lembrava quando, e não passava de inveja ou despeito. O grotesco é a varanda do inefável. Ou talvez o inefável só tenha varanda no abismo.

– Mas tudo possui memória! – ponderou seu vizinho, Isidoro Fiuza, de farto bigode, salientes lábios e olhos inquisidores.

Matusalém assentiu com a cabeça, e a palavra "memória" martelava como se britasse pedra. Não alugou prosódia mais alguma na conversa, afastando-se dali, resmungando com o vento, falando coisas inexprimíveis, tal se sofresse de algum súbito retardamento de alma. E não era. Mantinha faiscantes os olhos, fitando bem lá para dentro de tudo. Não foi em vão que pendurou no alto de sua porta um berrante, preso ao prego em tira de couro. E ao soprá-lo, vigorosamente, era como se fosse anunciador de nova estirpe. Só não se sabia se era dos ousados ou dos loucos. Alguns riram, de público, quando, em lance de força, Matusalém levou coice de um cavalo ao puxar-lhe a cauda. Mas era pétreo, e o animal não o conseguiu derrubar, ainda que perto estivesse um monte de feno.

– Era homem, não um cometa! – balbuciou.

E todos em torno riram, e certo temor se ergueu, diante do que se mostrava desproporcional. Não faltou quem afirmasse depois que nem o cavalo soube respeitá-lo. Ele ouviu, respondendo na hora:

– Ninguém é profeta na sua terra!

Outro aspecto não desprezível em Matusalém era o de não guardar excessiva cerimônia com as autoridades. Algumas o evitavam por isso, já que não era dado à lisonja, esse cúpido veneno social.

Nem aceitava qualquer gesto autoritário. Quando a velha Adelaide, de cima dos seus cabelos encaracolados, com saia fora de moda, conhecida por suas imposições, com um companheiro que a trocara por outra, mandou que ele baixasse a voz, a resposta veio imediata e insolente:

– Ninguém me venha aconselhar! Vá cuidar de seu marido!

Nem sempre julgava que as coisas fossem tratáveis a tiro, sustinha um ar diplomático noutras ocasiões, obtendo resultados inesperados. Então erguia a cara grande e amarela, com uma coragem que não carecia de siso. Ou uma astúcia desprevenida.

Noe Matusalém era um ser contagioso. E não tolerava a estupidez, nem ela própria se tolera – descobriu. Tinha mania de cortar discussões se não fosse apto para resolvê-las. Se lhe recordavam tê-lo ouvido falando a esmo, não perdia a ginga. Dizia:

– É, falo com os anjos. E sou muito distraído. Disso ainda não me curei.

E não era curável de gestos como o de atracar-se com quem o apelidou de "bobo da corte" – o gordo Aurélio –, e bobo podia parecer, mas não era, nem havia corte. Matusalém o derrubou com potente soco e ia puxar a cantadeira faca quando foi impedido pelo sólido e pacífico Dionélio, que não aguentava ver sangue, dono de uma escola de ginástica. Mas a favor de Matusalém vale frisar que não deixava a ira pegar sono nele. Muito menos a permitia sonhar. A ira embriaga a razão. E não se contentava com pouco. Tinha instinto um tanto terminativo diante dos fatos, sobretudo políticos. Em regra contra os governos e os poderosos. Vaticinava estar o mundo acabando. Porém, não sabia onde.

– O mundo se esgota, mas os sonhos não! – afirmava, com os olhos em fogo.

E escutar não era de seu feitio, salvo se lhe interessasse. Como se estivesse constantemente ausente.

– A reboante voz humana me irrita – confessou. – Prefiro o ruído dos bichos e dos insetos!

Ou desabafava:

– O mundo cresceu demais, tende a rebentar!

Então Matusalém não possuía noção de mais nada, salvo de si mesmo.

Gofredo Naim, quando Matusalém defendia o fim do mundo, se opunha tenazmente, por não acreditar nisso. Noe se aborrecia e não levava a conversa adiante:

– Com doido não se argumenta! – vociferava, afastando-se sem titubear.

Gofredo era magro, de ossos salientes, olhos pequenos e vivos. Altura mediana e manco da perna esquerda, fruto de um tombo da escada na adolescência.

Gabava-se, sorridente:

– Tenho uma perna mais apressada do que a outra. E as duas se desentendem. A mais veloz não aprendeu que é impossível chegar antes de mim!

E um ponto que firmava como alavanca: a volúpia de não aceitar facilmente refutações. Acompanhava essa posição, que às vezes se entorpecia, com a plácida voz de quem está acostumado a ensinar. Se alguém repetia o pensamento de Matusalém de que o mundo iria ter fim, contestava:

— É muito trabalho para o mundo tão grande se desmontar. Nós é que vamos nos desmontando.

Alguns dos conhecidos, tentando tirar sarro de sua reação, que podia ser biliosa, com zombaria o provocavam. Mas ele, incontinente, dando-lhes as costas, acrescentava:

— Palavra se vence com palavra!

Sim, Gofredo amava tanto as palavras que as pegava na mão, tentando sondar sua alma. Apreciava dizer:

— É preciso catar na palavra o que a acende.

Sua mulher, Oliana, morena, de olhos maduros e pretos, no jardim da casa de tijolos, junto ao banco de pedra, replicava:

— Então palavra tem fogo?
— Palavra tem alma. Fogo vem de seu sopro — respondia.
— E como podes pegá-la na mão como borboleta?
— Pego a borboleta, mas nunca alcancei pegar alma.
— Não?
— Nunca. Quando alcançar, serei eterno.
— Como?
— Creio no que te digo. Por isso o mundo não termina.
— Porque existe alma?
— Sim. Porque existe palavra.
— Por esse motivo que não aceitas a opinião de Matusalém?
— Ele às vezes se distrai, ou é tão inteligente que acha o fio de certas coisas, parecendo não saber nada de palavra.
— Então não sabe nada de mundo.
— Desraciocina: então não sabe nada de nada.

Ao cientificar-se do ponto de vista de Gofredo, porque as paredes têm olhos, ouvidos e guardam as vozes, sorria com o rosto inteiro. E assegurava, peremptório:

— Ele não vê o fim do mundo porque o dele vai acabar, mesmo que não queira. O meu não! É por isso que sei e digo que o resto do universo vai se findar. O que é loucura para ele é claro para mim!

Mas indagava:
– Alguém é profeta na própria terra?

Matusalém pouco se importava com o que pensavam:
– Sou muito *eu* – se gabava.
E os *eus* davam a impressão de lhe escapulirem pela boca. Não conseguia controlá-los. Como se o fôlego saltasse das ventas.

Ademais, não sei por que cargas d'água, ou talvez por influência de seu homônimo bíblico, tinha certezas de ser perene, povoado de almas. O que se comprovaria, estava convicto. E, por sobrarem almas, podia até mandar algumas embora.

Se alguém lhe afirmasse algo que não descia bem ao estômago, parava no meio da conversa, emburrava, desconfiando desse próximo como possível inimigo. Ou talvez fosse nele o excesso que se agitava, como rãs num lago, pulando sem descanso.

– Só durmo quando o sono me engole! – murmurava. E o que ele mais fazia, com vantagem, era engolir sonos. Ele mesmo era noite, a mais comprida. Os dias viravam sozinhos e Matusalém não tinha ninguém por companhia. Falava, falava a si mesmo e escutava a própria voz e o latir dos cachorros e dos astros. E ia pensando, tocando palavras por dentro.

Rebelde, ranzinza, avariado de sonhos, nada arrancava sua integridade e certa vocação do romano Catão, que o tornava inefável moralista. Mas, às vezes, desequilibrava-se no juízo como um prumo rompido.

Quando a energia nele se mostrava excessiva, tinha de fazer algo e fazia. Agindo na moita, para incomodar alguns vizinhos desavindos, botava fogo no rabo de um cavalo velho no milharal e lá se formava o incêndio. E era uma algazarra para apagar as chamas. Ele ria sozinho. Ou, talvez infeliz, assistia ao infortúnio alheio. Mas nem isso o satisfazia. Possuía ganas de desarvorar a vida. Sem se comover, posto em dureza. E, com o existir, aos poucos foi calando o que não devia dizer, viu-se sossegado ao sentir-se necessário, sua inteligência cresceu e não teve mais precisão de extremadas façanhas. Aprimorar-se é tão importante quanto agir. Duvidando de si mesmo a ponto de se convencer de que, no mundo, o que sabe o bastante nada sabe. Era de seu feitio: o que não dava não devia pedir. Eximia-se de expor seu íntimo. E só por amor, mais tarde, a si mesmo para a amada se concedeu. Descabendo alvará para a virtude.

Certa noite, Matusalém viu um ladrão, com saco às costas, astutamente penetrar pela janela de sua casa. Sem vislumbrar o dono, encolhido no escuro, foi visitando os cômodos, auscultou o cofre vazio. Matusalém podia derrubá-lo num só golpe, mas se deteve, observando o intruso. O ladrão, ao avistá-lo, tremeu, dizendo:
– O que fazes aí?
Matusalém respondeu de imediato:
– Escondo a minha vergonha!
– De que tens vergonha?
– De nada poderes furtar na minha casa, salvo velhos livros. Crê! Morro de vergonha!
Não era vergonha: Matusalém atingiu o áspero, caviloso, domínio interior.

Alguns têm desinteresse em gulodices, outros em afazeres domésticos, não servindo nem para consertar uma porta. O desinteresse de Matusalém, leitores, no começo, era pelas metáforas, por não ter ouvido para elas nem para os versos (dando-se conta, mais tarde, de que o universo é invadido por metáforas e há de se educar para captá-las). Antes disso, um parágrafo podia apenas estar ali para roer o parágrafo seguinte. Pegava a realidade pelas pernas, e a realidade reluzia ou se atrofiava, sem escolha. Como se tivesse esperança nalguma coisa, ou não esperasse em nada. Detestava ser classificado. Em passo seguinte, atentou para a grandeza e a concreção plástica dos poemas dantescos, a beleza da lírica camoniana, logrando alegria e surpreendente gozo estético ao lê-los, com a imaginação que se diversificava. Enquanto tivesse palavras que trouxessem a revelação, ou se encadeassem no sentido, a morte era amedrontada e exilada. Não avaliava nem a demência, nem a sensatez. E era preciso? Tendia a olhar certas pessoas criticamente, não todas. Por ouvir dizer, a morte o temia, estando em outro degrau de tempo. E alma soletra alma.

Um fato se deu. O surgir dos ciganos. E o povo, ávido de novidades, coçava os olhos, no espanto, em setembro daquele ano, com as boninas. Famintos, estendiam tendas na praça principal de Pedra das Flores. Os homens malvestidos, com objetos de metal, fazendas e bugigangas, a negociar entre barganhas. As mulheres preparando o fogo e a refeição, buscando alguma possível caça, ou apenas deitando cartas, querendo divisar a ponte do destino. E, diante do público em roda, os ciganos, como atores de circo, realizavam mágicas, ora manobrando maçãs no ar, que se entrecruzavam sem se chocar na perícia, ora tirando sortes, ora, iguais aos saltimbancos, sustentando-se em varas, ora na venda dos tachos de cobre cintilando ao sol, ora com exposição de atraentes pedras coloridas.

No centro, entre os figurantes, desenvolto, com mais idade, sorridente, atlético, de corpo sólido e cabeça jogada para trás, olhos pequenos e redondos de gaivota, dançava, revolvia-se como se tangesse brasas, voejando igual à ave que lhe deslizava nas retinas, Bilbao Rudin. Saltava à semelhança de um índio no ritual da tribo. As mãos grandes e espalmadas, querendo planar. De origem russa, viajava pelo mundo com seu grupo. Em regra, permanecia um mês na cidade, com os espetáculos. O chapéu a colher moedas amontoadas e cédulas de notas que borboleteavam. Ao lhe perguntarem qual a sua especialidade na arte, contestou:

– Todos os tipos. Com os pés, as mãos, a cabeça, só faltava ter de escolher. Estou muito preenchido!

E, com lábios grossos, sobre sua vida nômade, murmurava:
– Vim com nada e vou sem nada!

Matusalém, vendo o eloquente cigano, com túnica de seda ancha, de listras vermelhas e brancas, indagou, curioso:
– O que te impele a ser artista?

A resposta veio rápida:
– É forma de não morrer. Inventando alma.

— Sim — retrucou o outro —, a arte elimina distâncias.

E Bilbao não se deu por satisfeito:

— Invento alma, mas para ver as coisas se acenderem e terem voz. Sem carecerem de explicação as mágicas. Não há surdeira na luz! — concluiu.

E, se afastando da roda do povo, disse:

— Sou da banda livre de Deus. Ando por muitas nuvens — e desapareceu no meio da turba.

Matusalém amava o jogo, o malabarismo, esse sortilégio com abas de gestos que puxam os ouvidos e as pálpebras como sinos. Tal se os conseguisse agarrar nalgum rincão de infância. Prevalecendo de silêncio, como um nó em outro. Não era nem se achava suficientemente ágil para os imitar ou interromper. E para que se, no fim, era o jeito de existir no desequilíbrio? Mas não se vinculava a Bilbao Rudin e seu bando. Ou porque sua cabeça estava quase virada para o lado errôneo das coisas, ou pelo preconceito que advinha da meninice quanto aos ciganos, com lendas de pilhagem e engodo. Embora lutasse com a versão de que precisava conhecê-lo melhor para delinear julgamento. Aquele estranho Rudin, com sua entonação, os grossos tornozelos e os pés alucinados, o seduzia, como um guarda ferroviário que vai acenando uma lanterna, avisando o trem. Mas segurara o instante como seu, sem noção de coisa alguma, de nada tão imponderável, verdadeiro ou completo. Ou tão essencial que não demarca as divisas. Mas o que demarca a alma?

Para Matusalém qualquer sucedido não era sozinho. Tinha um outro mais intenso, conclusivo, mesmo que na hora não fosse visto, por estourar num quase nada. O que de início se vislumbra não é a aranha. Somente algum nó que se distrai da teia. Depois é que repercute largo, desatinado, revolvendo, revolvendo, retirando do tacho a raspa. E confirmava:

— O que amarra as coisas é a mão atenta de Deus. E é o que também desamarra! Somos desfechados pela boca da alma.

Tocava o solo, tocava, como se ouvisse dele pancadas de flores, Matusalém, com pernas bem ativadas, andava maravilhado de nada ter a dizer, sendo tudo real. E após, ritmando aos próprios passos o ar que se desprendia, aparava nos pés um vácuo em sacada de alma. E, noutro vácuo, memoriava o que não esquecera, nem pretendia esquecer, nem conseguiria, o hiato peregrino, extraviado, de quando o despojaram de sua mãe, Helena, morta. Sempre ouvindo o grito da parteira, jamais deixando de escutar, ainda que no meio do sono, o ruído de seu corpo saindo, nunca olvidou o lance forçado de o tirarem de dentro do ventre, a ferros. Como se fosse levantado devagar da morte. E soube, ainda depois de existir o bastante, o que lhe doía de haver vivido, continuava se lembrando da matéria inerme, convulsa, oleosa, terrificada, junto ao apego, de onde foi parido. E, quando se via diante de um opositor, a imagem que lhe vinha, imperiosa, era a mesma e pesada de quando saltou para fora da mãe defunta. E reagia com o ânimo de quem abateu o infortúnio. Depois até se desesperava pelo excesso da reação. Mas que excesso haveria de se encolher no seu desmedido universo?

Leitores, pode-se acaso equacionar esse trauma de nascer com outro que invadia Matusalém, causando aborrecimento: o horror ao governo? Para ele era supérfluo. Mas não foi por Voltaire (pesou-lhe no estômago!) que soube ser o supérfluo coisa extremamente necessária? Apenas não entendia onde. Nem precisava. Bastava existir governo e era contra. Seu coração era definido como um coelho no fojo.

– O que pensas do governo? – indagou a Gofredo Naim, que cuidava de equilibrar as pernas, por ser cambaia a esquerda:

– O mesmo que você pensa.

– Nesse caso – brincou Matusalém – é dever prendê-lo!

E riram juntos.

– Alguns políticos caçam tigres nos telhados da República e acabam sendo por eles caçados. O perigo é o de que devorem os tigres – admitiu Matusalém.

— E a palavra não substitui a fome — disse Gofredo. — Só falta pagar imposto de viver!

— Nem a fome substitui a palavra — adiantou Matusalém. — O governo carece da destreza de artistas do circo, com picadeiro.

— E os partidos são espertos trapezistas — sussurrou Gofredo Naim, sem disfarçar certa irritação.

— Sim, num governo os atos contradizem os discursos e a corrupção vai para debaixo do tapete — assinalou Matusalém, empurrando a cabeça para trás. — Ou o tapete, por descuido, para debaixo da corrupção.

— O governo é um anão com um olho na testa!
— Ciclope?
— Não olha para os lados!
— O circo é o poder. E o poder, um circo.
— Vai urdindo a tolda!
— O poder não se empresta.
— Caem ou sobem ministros, e somente o vento muda de banda — atestou o outro, concentrado na conversa, com o olhar triste e sério.
— Nem o vento! — replicou Matusalém. — Nem o vento!

Os dois herdaram a tarde, assentados na mesa do bar do Hectelindo, diante da praça, entre copos, onde ainda não sobrepairava nada do começo ou do fim do mundo. O governo lograra naquele momento pacificar todas as demais oposições, sobrepairando ilesa a líder Joana D'Alembert, que tinha o avaro e difícil amor do povo. Conquistando, de Matusalém, amizade. Soube, por ela, o desejo de que fosse a história de Pedra das Flores contada. Era a missão para os vindouros historiadores. Mas eles invocam por demais o passado, mexendo nos escombros, e raros ou nenhum deles se enveredam no presente, sujeito às avarias e aos descontentamentos. Todos querem que a história de Pedra das Flores seja contada. Mas como rematar coisas que não terminam, à feição de sombras que abominam o rosto? Ou estaria toda essa história resumida na vida de um homem? Matusalém contava a vida pelo corpo, contava o corpo pela alma. Ou com água, sem alma, pelo sonho. A história de Pedra das Flores deve ser contada, como o osso dentro da carne, e o tutano dentro do osso, e a palavra dentro do espírito. Mais que a razão, a verdade. Ainda que por alguém que, de viver, conta a história. Ou não sabe que vai sendo história e é insubornável, com palavra que não envelhece. A história é imaginação, igual a um rio, em que não se vê embaixo. E todos morrem, ainda que não queiram, morrem para ser engolidos com as sementes. E, replantados, para nascer com as árvores e se propagar com os frutos, ampliando o bem-aventurado pomar da inacabável infância. Quando amar é fresta do sonho, fresta perto de Deus, que persistirá a sonhar os homens, e esses continuarão a persistir em Deus. E mesmo que espante a morte, por incompatibilidade, a história de Pedra das Flores é a de Noe Matusalém, o que não será conveniente negar. Mas que assentado seja que, semelhante a ele, a linhagem desse povo não se apague com a provida grandeza. Reproduzindo-se não no que sua gente quis dizer, mas no que escutamos que disse. Não se avaliando a esperança sem o tempo nem se corrigindo o tempo sem o favor das estrelas que trocam de lugar na ventura. Nem nos olhos que, de tanto ver, nos ouvidos é que choram. E mais: o que Matusalém agarrava era a verdade que não calou, nem poderia calar. Não dissimula e é capaz de incendiar a razão, a verdade, a verdade que se obstina a desafiar o mundo, estando Matusalém diante das ideias que são fósforos riscando a funda pedra da noite. E a noite que riscava, queimando os ossos do poder, queimando agravos e a pequenez do homem. Queimando. Na noite entre iguais, só o fogo, o fogo nos distingue.

CAPÍTULO SEGUNDO
De como Matusalém encontra seu escudeiro e companheiro de destino, o cão Crisóstomo, Sancho de lombo e patas. A estupidez e o pontapé, cilada do equilíbrio das espécies. Diógenes, o filósofo, e o conhecimento de Lídia.

O que é ruim morre sozinho. O bem dura e levita. Que os vivos se levantem e durmam os mortos, sem molestar os vivos. Inexistindo acrescentamento na roda da fortuna e, no campo, não distante dali, os bois ruminam sossegados. E Matusalém tenta pegar a loucura, escondida atrás da infância. Não, não havia loucura que chegasse para agasalhar certa penúria que lhe vinha ao peito. Na lenta justiça, Matusalém sofria de não ter asas e não poderem elas crescer, salvo pelos olhos. O raio vai aonde tem mais luz. Foi quando Matusalém arrumou um companheiro que vagava pela rua, rafeiro abandonado, e tomou posse do negro cão. O animal tinha dentuça e uma marca de nascença no lombo. Estava largado sobre a rima de estrumes.

– Vais te chamar Crisóstomo – disse. – Entendeste? Crisóstomo.

E Matusalém, apontando com o dedo, repetiu, imperioso: Crisóstomo! E o cão, animado, saltou e lhe lambeu os sapatos. E apertou o animal contra o peito, com voz embargada:

– És meu amigo! E tens alma boa!

Viu que a claridade latia, latia no cão.

Se o coração tem orelhas, segundo o padre Antônio Vieira, leitura absorvente de nosso herói, também o coração tem pés e olhos. E Matusalém falou, de orelhas na voz e no corpo inteiro:
— Serás meu escudeiro!

O cão, com o virar do focinho e do rabo, num ganido, deu a mais convincente resposta:
— O senhor é meu amo, e serei leal, e proverá o que eu necessitar.

E, para o saber dos leitores, nunca deixou de prover, pessoalmente, comida e água a ele. E, como só o que está no texto está no mundo, não havia nada a discutir. Carecia? Entretanto, Matusalém quis afixar limites ao cão, o que não é estranhável, embora ambos palmilhassem a mesma palavra. E disse:
— Ao me ajudares, conterás teus ímpetos!

Pondo diante do assessor, esse Sancho de velozes patas, um preceito a ser obedecido. Crisóstomo ergueu-se sobre a parte traseira do corpo, espichando o nariz, como se impelido por lépidas molas. Após, afagou no repuxo da língua o pé direito do dono, que reagiu acariciando a ondeante cabeça do animal. E esse, de satisfação, trocava as orelhas. Tudo neles se entendia, numa vista só, num enleio, quase suspiro. A amizade entre os dois prevaleceu de relance. Como um relâmpago que vem de um lado a outro. É que os olhos do cão não precisam de lentes para ver nos escuros da alma. E os de Matusalém eram complacentes com os animais e ásperos com os humanos. Isso pela clareira da fidelidade, maior naqueles do que nestes. Diria até que os dois se amaram de olhos comprazidos. E ficaram inseparáveis. Coincidindo, tal se estivessem no mesmo sonho. Cuidando Matusalém mais da fome de Crisóstomo do que de sua própria. Porque um cão pode chegar a ser homem e o homem nem sempre terá a grandeza do cão, que nasceu pequeno para morrer grande. Tão grande ao ser em aventura, extremo, capaz de morrer de amor. E, se alguém tomava qualquer gesto dúbio ou danoso para com Matusalém, ainda que sem culpa, Crisóstomo podia avançar com violência sem paralelo. Não sem esperar a ordem do amo, por ser mais pacificador do que sanguinário. A única falha era a de um temperamento intuitivo capaz de simpatizar ou não, abrangendo os verdadeiros sintomas no homem, tanto os benévolos quanto os maléficos. Discernia, sim, opondo defesas num ladrar prevenido. Quando o dono se debruçava no sofá da sala, a acarinhar sua orelha, o animal se comovia e lambia a mão de Matusalém. Se o dono estivesse com passageiro mau humor, o cão gania com modulação esquisita. E, se viesse à rua, captava o cheiro de bolor jacente nas sarjetas, o cheiro acre das grades de ferro nos muros e o cheiro vaporoso dos porões. Nada lhe escapava, sabendo até de antemão o retorno de seu dono para a casa, se não o acompanhasse. E, suspicaz, Crisóstomo reparou na existência de vários dessemelhantes. Uns com coleira, outros vagantes ao léu, sustentando-se com restos. Não havia igualdade entre os cães, nem entre as fidelidades que possuíam graus. O momento paradisíaco era quando, aos pés de Matusalém, roncava em abrangente sono. Se fosse desperto num susto, os músculos se contraíam sob o zumbir das moscas. O tapete era o exílio do cão e talvez o vindouro tapete do cão no homem. E Matusalém, diante das façanhas de Crisóstomo, lembrou-se, subitamente, da advertência de Nietzsche: "Receio que os animais considerem o homem como um ser da sua espécie, mas que perdeu da maneira mais perigosa a sã razão animal". Devendo acreditar mais na civilização dos cães do que na outra, humana, capaz de soterrar sua própria civilização.

Mas as civilizações se encolhem – mais ainda no bueiro do destino –, e Crisóstomo na calçada avistava, perto, o entardecer com as borboletas que brotavam das árvores, diante da casa de seu dono. Tal se o poente quisesse caçá-las no voejar tão célere, sem caçar o que move a história dos homens. E não reparou na presença de Sesínio, catador de lixo, que, abrutalhado, de ombros e braços rijos, cabeça pequena, desferiu um pontapé no lombo do cão, que virou, girando, rolando, desequilibrado no solo, pondo à mostra a língua úmida e escura e as aterradas pupilas. Crisóstomo não aceitou a agressão, não aceitaria nunca, e se atirou com os caninos na perna do mulato, que sentou, sangrando, deixando saltar borboletas da pele. E mais faria o cão, ganindo, pronto a novo assalto, se não escapulisse dali o malandro, correndo atrás dele as borboletas. Negro besouro era a noite.

Depois do pontapé, Crisóstomo cogitou ser o metódico e volúvel golpear com os pés semelhante ao coice dos cavalos. Cada coice, uma nova etapa no amor cívico de um pelo outro. Cada ocasião, o pontapé que faltava. Cada pontapé, a cilada do equilíbrio das espécies. E para outros donos, não o seu, era a insofismável leveza do ser. Cada povo se mede pela qualidade dos pontapés ou dos afagos nos animais. Mas Crisóstomo era um cão que só admitia para si o que era admissível aos demais. Detestava os privilégios e queria poder dormir feliz com sua consciência.

E o cão não desanimava no que os humanos chamam de princípios. Quando o cachorro Nero, da mesma quadra, magro, vetusto, quase murcho, metido a metafísico, falou-lhe num longo latido que todos estavam sujeitos à regressão e que o bem ou mal feitos em existência anterior repercutiam nesta, Crisóstomo riu e achou tal ideia desatinada. E replicou:

– Não somos reacionários da lembrança! A vida é cada vez!

Tem-se de reconhecer a perspicácia de Crisóstomo até nas ciências humanas, certa intuição canina e buliçosa de antecipação. Entre os animais, além do corvo, pronto a bicar as presas ou detectar carcaças, Crisóstomo se precavia dos gatos. E ao que ninguém atentava, salvo o dono, era a sua capacidade de sorrir pelos olhos que raiavam e pela boca arquejante e a cauda que abanava. Precavia-se dos gatos, de contagioso mau humor. E, diferente dos felinos, o cão se prendia ao dono, enquanto aqueles se prendiam à casa e aos seus objetos. Quando um gato passava ou subia na árvore, miando com escárnio, enfatizando deter uma posição superior, Crisóstomo não se importava, certo de que cada um tem o mundo que escolhe. Só existe o que não ignoramos e o que nos ignora!

Matusalém, às vezes, junto ao seu cachorro, deixava emergir o grito que procede dos arcanos e se transformava, pelo instinto, no animal, e o cão, nele. E a partir dessa rendição vinha a entrega mútua. Matusalém, portanto, ditosamente se animalizava, enquanto Crisóstomo ia, aos poucos, se humanizando. Ou tudo voltava à ordem natural das coisas, ou à relação, ainda que fraterna, entre o senhor da grei e o servo. E Crisóstomo não se aplicava em transgredir aquele afeto ou dele tirar partido. A bondade do cão se diferenciava daquela de alguns humanos, que se devia manter a distância para ser bela e tolerável.

Se Crisóstomo possuía vocação filosófica, não compete desabonar o que visivelmente lhe transcendia o natural engenho canino, com a dúvida existencial socando entre os maxilares o tutano carnal da origem e do término das coisas, sem conseguir reprimir o arfante ladrar para as eclesiásticas ou excelsas redondezas da lua. E se nele havia sintomas a indicar que como cachorro, místico em estado civilizável, tenha pressentido o vulto de Deus – o que é privilégio de raros animais – ou farejado sua luz a subir nas narinas, era como se tivesse provado o inefável surto, pela beatitude com que fitava o dono, num halo de latir sublime. Consta – o que não ficou provado – que Crisóstomo sabia falar francês com sotaque da Sorbonne, mas isso é um enigma só decifrável entre o cachorro e seu amo, considerando também a inviolável discrição. E o que o agudíssimo animal não inventava com os olhos inventava no ganido. Tal se alumiante raio gotejasse na contração do focinho. Mas o que a luz tende a exibir presa a si mesma?

Na cidade imóvel como um burro, de ancas largas e imutável, Crisóstomo na praça brincava com crianças que pulavam corda ou faziam roda, e ele as rodeava sob as árvores e latia para o relógio grande que rodava, e Matusalém o ladeava de longe, entendendo sua infantil alegria (talvez ele também se enternecesse de infância!). Depois, de olhos reluzindo, com fofa dureza, contemplava os sabiás e as pombas, melancólico, reflexivo. Ou, no bosque, quando o crepúsculo era uma clareira enfiada entre os arcaicos troncos, o cão farejava girassóis e sombras, ganindo. Crisóstomo era um homem que sabia ser cão.

Na praça de Pedra das Flores algo se deu com a chegada do filósofo Diógenes. Tinha zombadora ironia e a utilizava como flecha. Ao agir assim com alguns cidadãos e principalmente com

Matusalém (ainda que esse o escusasse), o cão Crisóstomo não teve dúvida alguma em abocanhar os fundilhos do pensador, que se romperam (o que relatarei mais tarde) com o mesmo ritmo com que escapou, pelas moitas sumindo (dizem que morava num escuro e inexplorado trecho na floresta). Dias após, reapareceu, com a calça habilmente cerzida. E perambulava, com uma lâmpada acesa em pleno dia, à procura sequiosa de um ser verdadeiramente humano. Por tais hábitos, Diógenes se tornou figura exótica e popular, exceto para os procelosos dentes do cão. A ponto de visitar o rico e gordo Trácio Benes, que o abrigou em sua opulenta mansão. Mas o filósofo se deseducara, entupindo-se de manias, entre elas a de limpar a garganta constantemente. Isso deixou o hospedeiro a dedos. Chegou a pedir o obséquio de não cuspir no chão, o que no descuido aconteceria. E aconteceu. Diógenes, certo de que a liberdade em pessoa era ele e nada o proibia, não escarrou no brunido assoalho, escarrou no atônito rosto do anfitrião. Há que cuidar muito da filosófica impaciência!

Registro que só mais tarde Diógenes mencionou a arremetida aos seus fundilhos pelos caninos de Crisóstomo. E foi embalando certa aptidão espirituosa:

– Agradeço ter sido libertado do peso de chumbo de minhas calças!

Perto dele estava Linério Ross, que sorriu. Mas ninguém ficou sabendo se os cerzidos fundilhos eram os mesmos ou se restaram mais leves. Ou tudo para o filósofo valia – mais que a liberdade – a sensação de liberdade.

Outra vez, esse personagem de tão poroso cinismo tentou, com vestes de mendigo, entrar no palácio do governo. O guarda perfilado o impediu:

– Não sabe que aqui mora a governante?

– Eu sei. Mas Deus está acima dela.

– Você é acaso Deus? Sabe o que está dizendo? Acima de seu nada, Ele existe.

– Eu sei – disse Diógenes, sem se mover. – Sou justamente esse nada!

Outro fato ocorreu com Diógenes e sua empáfia de superioridade, carregando na mão a lâmpada sob a arca da manhã. Quando, curiosamente, perseguiu a própria sombra que dele nascia, e alguém, atrevido, se meteu dentro de sua sombra, o filósofo não acatou a intrusão. Vociferou:

– Não me tires o que não possas dar!

Foi quando Matusalém, apaziguando o seu cachorro, que abanava a cauda, com certo ímpeto o interpelou:

– Se tua sombra, afinal, não muda a luz, não muda a lâmpada, o que se pode retirar do nada?

Noutra oportunidade, Diógenes viu, subindo num muro, caranguejos. E falou:

– Somos caranguejos se arrastando atrás de nossa oculta origem.

Ao seu lado estava outro filósofo, Linério Ross, discípulo confesso de Ricardo Valerius e de Lévinas. E, ao ouvir a observação de Diógenes, alegrou-se por concordarem: o delírio do caranguejo diante do infinito muro da razão. E aventou, com voz que secundava os olhos:

– É o irracional que nos cria.

Ao que Diógenes, impetuosamente, respondeu:

– A origem é escondida, mas há que buscar no homem o Homem. Mesmo que seja utopia.

E sem demora Linério Ross retrucou:

– A utopia é fútil, perigosa e injusta. Ela só é possível diante do horror.

– Mas o horror – rebateu Diógenes – é não sabermos de onde viemos.

– Mas o maior ainda – admitiu Linério – é não sabermos bem o que somos!

A última vez que ambos designaram um local para a discussão foi em casa de mestre Linério Ross, na avenida Petrópolis. Diógenes, na hora e dia combinados, chegou à residência de seu colega, bateu na porta e nada. Então, insolente, tomou da caneta e escreveu na entrada: "Imbecil!". E se foi. Assim que Linério pisou na soleira do quintal, leu a mensagem. E mandou, por um portador, a seguinte resposta ao descarado filósofo: "Lembrei-me da promessa de debater e me atrasei. Mas vi seu nome escrito na porta".

Revestido de manto e coroa, Diógenes, levando a filosofia nos descalços pés que se desequilibravam ao contato do chão, mais atrapalhado que prudente, começou a gritar, com desvario, contra a improcedência humana e suas abomináveis contradições, igual a um juiz no tribunal da rua, o que açulou o cão Crisóstomo, que por ali passava e, de novo, abriu uma fenda nas metafísicas calças, mostrando no fio dos dentes sua infindável humanidade. Teve, no entanto, logo a seguir, o desajeitado pensador uma protetora, dona Quitéria, que o abrigou em casa, emendando-lhe a didática roupa. Era gorda e letrada, batendo, diuturna e impiedosamente, sua máquina de costura no serviço de encomendas. Tinha clientela numerosa. Consta ainda que, solteirona inveterada, guardava no pecúlio dos sentidos um amor ceifado. E foi ela, sim, a verdadeira boa samaritana. Sem mencionar a agulha que fechou com bondade o risível buraco filosófico. E dar a Diógenes o cioso café da hospitalidade – coisa que pediu não ser revelada, por sua teatral sisudez. Porque, leitores, cada tempo tem o Diógenes que merece. E esse apenas imitava o grego, como o grego talvez imitasse algum ancestral ignoto. O que chamou a atenção da carinhosa dama foi que seu acolhido, nos pés descalços, levava descalça a alma e reconhecia alguma razão naquela loucura.

Noutro momento, pois seu itinerário não cessara, contam que Diógenes, sem nunca deixar de segurar a lâmpada, encontrou um professor do principal colégio da cidade, Gustavo Flávio, de cabeça rotunda e testa cintilando de sol igual a uma moeda. Era erudito e pomposo. E ao saber Matusalém que o ilustre pensador não gostava dele perguntou-lhe o motivo.

– Porque é um idiota! E minha lâmpada pressente de longe a imbecilidade.

– Mas fala oito idiomas! – exclamou o interrogante.

– Sim – retrucou. – É idiota em cada um deles.
– Poderá ser sábio nalgum? – indagou Matusalém, surpreso.
– Não, a estupidez é intraduzível!

Um assunto portentoso. Diógenes conseguia fazer com que seus sonhos se comunicassem com os de outros. Assegurava isso e alguém quis conhecer a razão:
– O mistério não tem razão alguma – redarguiu, acentuando: – Os sonhos são seres errantes e entram onde os deixarem.
Formaram-se, decerto, incompatibilidades insanáveis entre Crisóstomo e Diógenes. A primeira porque o cão farejava o mau cheiro das vestes do filósofo, que tinham o mesmo ressaibo de suas ideias. E o filosofar do cão era morder. Ao vê-lo circundando Matusalém, Diógenes ouviu assustado seu ladrar e tomou velocidade nas pernas. E o cachorro só parou ao escutar Matusalém abrandando a canina antipatia – talvez bem mais antiga – entre a razão impositiva dos filósofos e o faro instintivo dos bichos. Diógenes teve pressa de retornar ao abrigo na selva. Era o mundo parvo para ele, como avesso desvão ao sereno pouso das gaivotas. Não tinha humor, que é o riso com o próprio ridículo, possuía a ironia: florete do espírito à custa dos outros. O primeiro é filho da bondade e o segundo, do sarcasmo. Com o cão Crisóstomo e seus vigorosos dentes, Diógenes na carne percebera outra impositiva doutrina, a da mastigação. Ou talvez o entendimento do filósofo fosse tão alto que não servia para nada. Ou, influenciado por seu amo, entre os caninos, Crisóstomo aprendia a questionar: "Quem sou eu?".

A derradeira aparição de Diógenes em Pedra das Flores se deu na escuridão dos postes elétricos, por chuva e queda de alguns fios velhos, carcomidos, de parte da rede, que tombou na avenida Central como um elefante de plástico levado pelo vento. E não se muniu de uma lâmpada para procurar os homens de bem, mas para desvendar os defeitos de uma energia que era paga, sem a devida compensação entre o bolso do povo e seu fornecimento. Crisóstomo, pela primeira vez, concordou

com o filósofo e deixou que passasse sem se manifestar. E ele bradava. Na indignação, era a própria lâmpada:
– Pagamos até a luz que a lua nos dá!
Disse alguém que Deus escondeu os fósseis para enganar os geólogos. E quantas vezes há fósseis enterrados na imaginação, sonhos arcaicos que desejam voltar e não voltam porque se fixaram nos arcanos e é bom que não tornem. Inexiste espírito apreciável naquelas massas de ossos de tateados sonhos que a polícia secreta da alma encerra como uma investigação sem autoria, enquanto outros se elevam ou se resignam. São como as ideias que nos brotam amoráveis e podem se tornar depois exasperantes. Nenhuma recordação mais permaneceu de Diógenes, que quisera ter a palavra e obteve apenas a lâmpada, nem de outros feitos de Crisóstomo no que tange a ele. Aliás, perto do cão, Matusalém se acostou na cama, em casa, e não conseguiu dormir, cerrando os olhos atrás de outros olhos da memória que o atiçavam. Eram fósseis de sonhos que desejavam achar guarida, ou a marcante experiência de seu nascimento, não se sabe ao certo, salvo o fato de suar frio, dando-se conta de que os lençóis pareciam conter pedras, e sempre antes ali dormira tranquilo. Estranhou o solo que o aturdia, demorou em calçar os sapatos, com o furo num dos cantos, e passou a chover desvairadamente por fora e por dentro. Tinha a impressão de madressilvas caindo, e as coisas anunciavam uma dimensão insólita, e a luz do dia se transformara em penumbra pesada, muda, com a confusa noite nas pernas. Noe Matusalém vai adiante, sai de casa, com Crisóstomo que o ladeia, pois o mundo não deixa pegadas e o tempo é mais lúcido quando não se torna impertinente. Folhas, vento, notícias, sorrir é difícil e preciso como lâmina. E é lâmina o trem que para, chegado à estação. O maquinista cumprimenta Matusalém e aceita o café de sua garrafa térmica. Faz frio e há um fogareiro ardendo em seus pés. Conhecem-se desde os bancos escolares. O maquinista Jacques Fael tem olhos claros e cabeça levemente raspada. Envelheceu no trabalho. Diz-lhe que a ida e a vinda de passageiros nos vagões diminuíram e falta pouco para sua aposentadoria. Matusalém

o consola e lembra que não sofreu acidentes no serviço, o que lhe é favorável.

– Salvo uma ovelha que se meteu entre os trilhos e não teve consequência – referiu o maquinista.

– Mas o trem não pode cessar – Matusalém insistiu.

– É, não pode! – concordou com a cabeça o outro.

Depois se acenaram e, apitando, bem azeitada, a máquina partiu, cruzando a cidade como faca que corta uma maçã. O maquinista bate, bate a sirene contra o sono, contra a noite que parece outro comboio avançando. Como se houvesse alguma comunicação, por morse ou combinação de rumores, com outro universo ignoto. E vai passando o trem, tal como se a locomotiva puxasse a corda de algum enforcado solto entre os vagões, gemendo. Um coelho atravessa a moita e o trem vai seguindo a lua no horizonte, com a ponta dos pés. Enquanto Matusalém pisa o dúbio silêncio, vai pisando o solo de sinos, os da igreja que retumbam na torre, e nada é definitivo, nem o mundo é definitivo. A sabedoria humana toda são dois pés que rincham na areia. E as ruas não são as mesmas, as calçadas mudaram de cor. Quando a chuva principia em trote forte, Matusalém se encharca e os trovões arquejam com os pêndulos e êmbolos do céu. Vai Matusalém como se não encontrasse destino entre os homens. Mas vai obstinado sob um cinamomo e ouve o chilrear dos passarinhos. Em casa descansa, pensando não haver mais sombra, só água pelos costados, e água é o sonho. Levanta e a chuva pinga mansamente nas calhas, mas não desiste. Precisa caminhar e avisa ao cão. Crisóstomo está firme junto a ele. Também caminha como um fogo molhado. Nascemos, vivemos e queira Deus que resistamos. Somos pedras na grande pedra. Atirados, voltamos.

Matusalém, numa reunião no Clube de Pedra das Flores, onde raramente comparecia, estando entre alguns conhecidos, foi abordado por certa dama da sociedade, um tanto intrometida e às vezes insolente. Perguntou sobre o seu signo zodiacal. Matusalém estranhou a curiosidade e respondeu:

– Gêmeos! Mas não creio nisso!

E ela disparou:

– Os de Gêmeos têm duas caras!

Matusalém se lembrou da tirada de um famoso dramaturgo e rebateu:

– Ora, se eu tivesse uma cara mais bonita, acha que usaria esta?

O cão é a melhor alma do homem. Se ninguém disse, está dito. Valendo ser revelada – o que nem todos percebem – a modelar conduta de Crisóstomo. Porque esse cachorro é mais do que pessoa, tendo um coração benevolente que nem todas as pessoas possuem. Diante do exemplar encadernado de *Dom Quixote de La Mancha*, de Cervantes, aberto sobre o banco de madeira, no hábito do amo de separar o objeto da leitura, o cão parou, contrito. Na medida em que o texto se expunha imóvel à luz (o volume exibia algumas páginas digeridas), mais a luz se deitava no texto. E Crisóstomo lambeu, reverente, as letras grandes do volume e, na mais gentil conduta, lambeu a gravura que mostrava *O Cavaleiro da Triste Figura, extasiado, achando a senhora de seus pensamentos que chamou de Dulcineia do Toboso, pois "cavaleiro andante sem amores era árvore sem folhas nem fruto"*. Lambeu, lambeu, gostoso, a orla daquele momento de paraíso humano e sem plumas, e era rocio a língua. E, no vento que moveu novas páginas, adiante, Crisóstomo ainda lambeu, prestimoso, a colorida estampa do bebedouro junto ao poço (cervantino poço de fábulas?) em que o Mondego velou as armas, num curral, ao lado da estalagem, sem dali haver brotado gota de água. O cão não entendeu: o que via no livro não tinha contorno real? Como não jorrar água das imagens e das palavras? Mas há coisas que melhor se calam ganindo. Quando instintivamente ia fazê-lo, reprimiu a voz no orvalho da língua. E a língua dizia tudo. Depois o animal resolveu se aquietar. As patas estacaram, suspensas e bobas. Como diante do sagrado. A preservação do que era alimento de seu amo, ou seja, o sidéreo direito de devorar. E por escrúpulo, respeito, nem ousou exercer toque mais demorado no delírio que ali gravitava. Podia ter flutuado na cabeça do cão a liturgia entre o desejo e a posse, o que estaria sujeito a uma investigação de especialistas da psique cachorral, ainda ignorada. Lamber é tocar com o desejo. Triturar é a consumição da posse. O primeiro é platônico e o segundo, obsedante, impositório. Mas zumbia teimosa mosca em torno e não se porfiou se ela tinha metafísica ou não, e Crisóstomo escutou esse zumbir infrutuoso, a glória que zumbia, talvez reclamando do pesadelo da imortalidade. Nem isso ousava o riscar de um grande besouro verde, zunindo. Um pouco distante, sem que o cão reparasse, de pé, Matusalém assistia a tudo, como um zeloso fidalgo revistando com os olhos a ofegante sala de armas. Crisóstomo, quando se deu conta, veio-lhe ao encontro, contente. Saltitante, rumoroso, agitando em graça e elegância a cauda. Pois é da essência do cão enobrecer-se com a comprazida ternura do dono. Como se um balde se afundasse ao poço.

– Vai, Matusalém, e não sabes o que te espera. Mas é o que não sabes que leva ao que alcanças saber. E um sorriso de mulher te confunde. Não, é formosa, mais jovem que tu, deixa tombar o lenço no chão e pressuroso o apanhas e devolves. Ela sorri de novo e tem flor de flores o rosto. Aves nos olhos. O vestido branco. E estremece.

– Não entendo! – ele murmura.
– Não entenderás nunca o amor chegando. Mas o segura ali, Matusalém. Sustém as passadas, já não chove mais. Vai-lhe ao encontro. Pede o nome, o que é mágico.
– Perdão! – diz. – Seu nome?
– Lídia Parma! – exclama, e um movimento os alia.
– Sou Noe Matusalém!

Nenhum embaraço. Ambos se conheciam de muito, sem conhecer. Essas coisas que vêm no gibão da brisa.

Crisóstomo parece sorrir com silente cauda, depois senta sobre as patas traseiras e empina as orelhas, gostando da moça. A ciência indecifrável dos cães. Matusalém vai, vai e fala a essa mulher de cútis fina, morena, cativante, cheia de olhos. E os ombros alvos, torneados. Aperta sua mão e é aceito. Cálida, cúmplice. Sim, aceitaram se ver noutro dia. Fixou: Lídia trazia um par de olhos penitentes e não deixava a água debaixo do amor parar. Sim, vai, Matusalém, não retrocede! Os acontecidos é que suprem as letras e os números. Jovens pombos revoam. Revoa a tarde sobre as árvores, e as árvores planam na tarde. A felicidade é isso, tênue ou não. Só no colher verde sobrevive o maduro e, no colher o amor, as uvas nos cachos coram. Matusalém faz o que não costuma. Atraído, preso ao cristal do instante, ao ar verde que os une, marca jantar com ela no Restaurante dos Alecrins, ali no bairro onde reside. Marcam destino, e é como ele se insinua no firmamento, entre os astros. E os cavalos dos cometas e nebulosas. E a lua sobre as árvores das beiradas diz amém. A noite ficou achatada como um travesseiro.

Que amor pode afiar com os dentes as estrelas? Mais humilde, amor é ameno sorvo ou atávico cântico. E Matusalém não era mais o mesmo. "Deus vê tudo e não sei se diz a alguém" – alude o ditado gitano. E o amor vê Deus no segredo e os bons pensamentos enchem a boca de alegria. E Matusalém sentiu uma ternura não explicada, vendo tudo sem reparar. E o honrado cão era seu tácito assessor. Porque o amor não envelhece. O que envelhece é a morte. E é sem cura. Ou é como a esperança jorra de sua fonte. Ou a erva amoita os passarinhos na horta de orvalho. E flores saem dos olhos de Lídia, flores bordejam o rumo que os dois não conheciam. Flores na lágrima que não desperdiça grandeza. Acaso precisa o amor de inteligência? No entanto, Matusalém ainda não sorvera todas as palavras da voz de Lídia, mas reconhecia no som o calor, o brilho. E tal som comparecia com paladar de amoras. Lembrou-se da árvore da infância que visitava quase maquinalmente, a amoreira, conselheira de tantos instantes ao pé enrugado de seu tronco. De amoras eram os lábios de Lídia, os passos eram de entrelaçadas amoras, o sorriso que não achara igual a nenhum outro era feito de sombras no tronco de amoras. E cuidava que as palavras também não fossem esvoaçantes amoras. Ou nem cuidava mais,

com o coração embaciado, com amoras pulsando nele, inefáveis.
Ele se afigurava como um cisne rodeado de águas infinitas de
amoras. O que afirmar da vida se é toda um sonho e até o sol
caía com raios de amoras?
– Lídia, Lídia! – murmurou.
Tão próxima da árvore da infância, tão rente ao riacho de
amoras de sua mais candente imaginação. E o sonho de amoras
não se desfazia, era real como uma pedra pousada na memória.
Amor é isso, a embriaguez de ir caindo alma adentro. E de tantas
almas que se permutam de infância. E o preceito de amor é tão
íntimo, tão desembarcado de um a outro, tão diligente de gestos
e realezas. Os dois que se amam falam tanto de si mesmos, dos
vincos e vínculos, por se conhecerem muito bem, e o assunto se
inaugura nas mesmas coisas boas, diáfanas, ou desvairadas que
os divertem, como se fossem feitas pela primeira vez. Igual aos
livros, em que os estudantes se aplicam a olhar além das palavras
escritas, recuperando o momento em que o espírito foi posto na
letra, com sua tinta, assim os que se buscam leem os livros dos
corpos, sob a vistosa tinta do desejo, ou no vocativo linguajar
dos sexos. Com o cobiçoso tatear das lânguidas e amadas protu-
berâncias. E o cerne das devotadas intimidades não pode revelar-
-se, salvo nas cascas. Com os braços na epiderme, nua, nua, ao
gozarem-se de erma beleza. E a fantasia chove, chove o amor,
dois líquidos cavalos pelo êxtase, o vale, correm mais do que cem,
corre o resmungar dos poros, correm e chovem, tropeçando, os
pés da seiva, correm as patas da chuva abrindo a terra, e a terra
abrindo a chuva, a carga e a descarga da semente correm. Correm
velozes, correm os cavalos da semente. Os cavalos da noite da
semente. Mas é bilíngue tal arte, suntuosa, que não corre: com
os crisântemos e cheiros, o gatilho da memória. E o da maré ora
subindo, ora descendo, com o ventar das árvores nos corpos. Ou
do ventar dos corpos pela árvore, o barulho do sol pendendo a
língua. Ou as margaridas vão explodindo as pedras. E, no intei-
riço amor, Matusalém não se escondia de si mesmo. Nem podia
mais se esconder de nada, descoberto, entressonhando. E amor
esconde o mundo? E que mundo esconde amor? Era como se o

cometa Halley, num instante de maravilhosa fluidez, estivesse ali. E por que não estaria? Se íamos amanhecendo bem mais que o puro estado de pássaros que emigram nas verbenas da aurora. E a aurora desliza, cai na aurora. Ou rolando diante dos olhos das idades. Rolando no zunir da história. Tinham luz, tapavam a luz, derrubavam a luz toda na fonte. Regava o riacho dos dois juntos, num só, ladeados de girassóis. Pastando o bezerro grande, a tarde. E o cão Crisóstomo se enrodilhava no chão da cozinha e não gastava em vão os latidos, como outros de sua espécie. Ao se economizar, engasgava de sono o ar. Ou estirava, tedioso, as quatro patas. Matusalém ou Lídia não queriam saber nada, por já saberem tudo. Ou, de antemão, saberem quanto, quanto, junto ao grito, correm, correm as sementes. E, se o amor possui asas, o que o impede de levantar voo? Não é ligeiro o amor, se ao peso das coisas se fortalece. E nunca se revoga. Nem é cativo do nome ou do pudor. Alma soletra alma. E, mais larga, a bota do horizonte cruza o ar. Mínimo, o sapato de cigarras. Quando o céu da boca incha tanto que não se sufoca, alarga a figueira das nuvens, o céu das almas vai puxando a lua, vai puxando a noite, entrando, entrando, sob a fronde, as folhas, o cimo das estrelas. Só o fogo do amor não deixa marcas. E, ao serem vulneráveis, no afeto se sustentam. Entram e saem da noite, sem poder terminar o firmamento. E os unidos corpos pela boca puxam o céu, puxam a boca do universo, que tem olhos enrugados de elefante. Quando o amor tem memória de elefante. Mas, ao se abraçarem os que se amam, vão perdendo memória. Dela não carecem, nem de pensamentos. Apenas de si mesmos. Repletos, o céu da boca avança o céu das almas. Com a bífida língua de um relâmpago. Quando.

CAPÍTULO TERCEIRO
Matusalém com o amor de Lídia no cândido
quintal da infância, ou como os sonhos apanham alma.
O mecanismo do relógio e o da vida.

Fica assentada esta verdade: os sonhos só apanham alma quando se efetivam. Pelo céu aberto, Matusalém viu passar um bando de tordos, voantes para o fim do dia. Lídia apareceu na porta do restaurante e ele a aguardava na mesa. Parou um pouco e olhou, caminhando na direção de Matusalém, que se ergueu, deu as boas-vindas, com um fio de fogo no coração. E se deram as mãos e o tempo calou. Comeram o pão, a carne, a salada, os frutos. E as frases se alentavam uma na outra, com uma espécie de eternidade nos lábios. Mas o tempo calou, os tordos continuavam passando no medir dos vidros na janela. E Lídia era doce, calma; e ele, esfuziante, cuidando de não atropelar os gestos. É como se pulsassem no mesmo peito. Tinham os sonhos na boca e nas mãos, apenas lhes cabia segui-los em vertigem. O amor não ensina, adivinha. Não empurra, rende-se ao igual movimento de corpo e espírito. Lídia mostrava, sem querer, o esplêndido corpo, num deslocar da cadeira. Disseram muito – um ao outro – e nem se lembram, não precisam lembrar.

Mas chamou a atenção de Matusalém a inteligência vivaz de Lídia. E o que ele não suportava, mesmo sendo bela, era mulher burra. Cansava no primeiro encontro. Mas ali a imaginação não afugentava o amor, e o amor não afugentava a imaginação. É como se os dois respirassem juntos, pensassem juntos, e assim atravessaram juntos o pátio, a rua, não reparando na intensidade, por já estarem dentro, no eixo, na voluptuosa onda, a roda. Mãos achadas, unidas. E se foram. Crisóstomo, o cão, de longe os avistava, levantando o lânguido e esperto focinho. Matusalém a convidou para casa e não houve relutância. E a casa ficou enorme, com o amor tão simples: água, mesa, uma pequena praça. Não puseram metafísica alguma. Na cama de limpos lençóis, os corpos vazavam amor. E nus, enlaçados, buscavam a esquecida estrela, ao excitar as partes macias de suas anatomias, ao deslizar de um corpo a outro, num fluxo, quando Matusalém entrou mais fundo em Lídia, com impulso de remo impelindo o barco e os dedos enfiados nos lábios e os lábios tocando a via láctea de um só, irrepetível, gemido. E o que tinha de acontecer já estava acontecendo, onde não reverberava e era claridez mais pura. A mulher sentia-se feliz, feliz. Como vira no campo o branco cavalo, que voltava a cabeça para o feno, de olhos cerrados, comendo a luz. Depois se abraçaram, descansando um no outro, tal se um bosque de mesma infância os amanhecesse. E continuaram depois a amar, ofegantes, ao se enrolarem na profunda nudez até o abismo da corporal felicidade. O êxtase de vibrarem nas cordas de um arpejo equânime, e o tempo mais vagaroso ainda, não queria findar, não queria morrer na semente. Mas a semente já deitara no amor, e o amor caminhava na semente.

E Matusalém falou:
— Lídia, tu me amas?
E ela logo respondeu:
— Sim, te amo!
Matusalém firmou:
— Chegamos ao extremo.
— Qual?
— O de estarmos um no outro, inteiros.
— Enquanto amor, a viagem não acaba.
— Nem com a morte que não existe.
— Um leva ao outro.
— Os que montam na aurora não apeiam!

Ao levantar, vestiram-se, sabendo que já tinham uma pátria com o mesmo nome, onde podiam andar no mesmo rio e errar pelas mesmas montanhas e penedos. Era o amor no vivido que nunca mais deixaria de ser verdade. A chancelada paz selada. Nenhum dos dois queria se apartar. E falou Matusalém, com as últimas palavras que ainda conseguia segurar. Falou para Lídia, falou que desejava existir a seu lado. Que o quilate do amor é o mais puro. E Lídia o beijou no sopro, na argila de toda a sua humanidade. Os abraços se olhavam. E ambos ficaram enlaçados não sei quanto, nem interessa.

– Aceita a felicidade de mim – ele disse – como o canto do sabiá em floridas pedras.

Lídia aceitava. E os dois eram inapelavelmente um. Ou muitos num só. Desde quando os sonhos pegaram alma. E a alma levanta os sonhos de Deus.

Noe Matusalém estava ali, perseverante, atrelado a esse amor. E, fora dele, o ofício, de onde desatava o sustento.

– Faço de tudo um pouco! – disse. – Meu pai, que não conheci, era seleiro e aprendiz de morte. E ela não é grande. Às vezes se faz tão miúda e somente perceptível depois. Retenho furor não por mim, mas pelo gênero humano, tão cabisbaixo, quando devia elevar-se na altura das estrelas. Eu, Matusalém, pela graça do Alto, não sou menor do que os anjos. Sou do honrado gênero humano, repito. Vejo as árvores inutilmente se desfolhando. E folhear a amada não é folhear um dicionário. É parir, entre os ramos das nuvens, flores. Não, o amor não é apenas floresta, plantas, é retorno à materna caverna de prodígios. E chove. Eu, Matusalém, na rua e com água entrando nos sapatos. E penso em Lídia, que mora num bairro perto dos montes. Pensar é ir junto, e eu ia correndo atrás do pensamento. Com a chuva correndo atrás de mim. O pensamento é Lídia, quando o amor não tem trevas e se enche de aragens. Mas a água do céu bem perto dela é feliz. E vi que o cão Crisóstomo soluçou. Com olhos imensos. Soluçou de amor, meu cão. Sim, trago calos nas ideias e num dos pés. Amor só se molha de amor e é Lídia me chamando. Fui para Lídia com sentimento que voava. Ela na porta aberta. A chuva aberta no longo, longo abraço: vagaroso riacho. E as graças garças brancas epidermes em extasiado assomo, terçando almas. É belicoso o fogo por debaixo da roseira. E bonito o que não termina. A terra, sim, daquele pampa, é de amor. Sento nela como na luz. E com a terra me fecho, na calma ou na tempestade. Com o ditirambo no usufruir de dois corpos, centro de um distraído éden. Viver é puxar até o impossível.

Não adianta responder. Matusalém e Lídia, sob a nuca da noite, cessada a chuva, entraram na casa e ficaram sem tristeza de amor. Praticavam firmeza no futuro. Enfeitiçados? Atravessavam o lume das coisas, viver é puxar o impossível. E quando Matusalém se aninhava em Lídia, ou deitava-se nela, era leite, ou potro, na língua. E voltava, voltava, voltava para ele a lembrança do instante doído e glorioso em que fora retirado do ventre, vivo, vivo, exultante. Entrara e saíra da morte. Com um cantil nos olhos. Amor pode mais que o amor. E tempera o corpo na alma e a alma no corpo. Com um prumo que não cabe na vida. E a vida que não cabe no prumo. Sem o susto de haver horas. Com tâmaras na boca. Não é cego o amor, por acertar no apurado alvo. E empalidece a dor, com a corada face que se eleva até as estrelas. A noite geme no dia, o dia na noite, e a eternidade vem a cavalo pelo firmamento.

Matusalém, não adianta! O tamanho do homem é sua fé. Vai, pega as tuas roupas, objetos, coloca-os na mala, faze a mudança de espaço, que não é de alma. E casem diante do juiz, com poucas testemunhas. Casem um no outro, como as tulipas na aba da primavera. O esponsal continuará junto à tua habitação, Matusalém, mais confortável. Não se sova a sorte, metam-se pelas travessas de Pedras das Flores, até a casa. Há lenha na lareira, a chaminé fumega, os corpos e almas queimam, Deus assiste ao amor tão excessivo como se na fundura nada se excedesse. O que é eterno é praia de coração conciso. O sol os toma, o sol se enrosca neles igual a febre. Estão ocupados na delícia de um perder-se no outro. Dentro, eficaz, a cama marítima estremece. Com a mobília que se ajusta. O mais é o variar da esperança. Ou a esperança que, de tão grande, não carece de mais nada.

Casar é uma clave branca com a oitava de mel sem notas. E Matusalém, que tendia a ser canhestro aos atos oficiais, assim mesmo assentiu com a presença em casa do pastor Florindo Bentes, da igreja de sua preferência, que abençoou as alianças de ouro, com os nomes de um e de outro, e orou pelo casal. Tinha os olhos parados de ovelha e a voz que, de tão mansa, balia, cílios que pareciam costurados e uma alegria esperta nas mãos. Ali estavam Eunice, mãe de Lídia, de cabelos alvos, olhos gorjeantes e miúdos, e alguns amigos: Antonino, o ferreiro, Jerônimo Belgrano e Silvana, que o conheceram menino, mais o magro Gofredo. O tempo rodava ali perto, com sua nuvem de pombos. Só o casal sabia o que pretendia, nem eles. Era o amor que brotava com as peras e os morangos silvestres. E pode-se medir de braças o amor ou a luz que dele emana? Sim, o rosto de Matusalém e o de Lídia se enlaçavam, dando a impressão nítida de estar recobertos por um capuz de sono. Como dois nós unidos que se tornam difíceis de desatar. Ou dois belos e intratáveis cavalos vagando, em par, no bambuzal dos dias. Velozes como a asa dos pássaros. Um na continuação do outro. E apenas queriam na noite se recolher, sem roupa, como de alma em alma. No conviver, mais se conheciam. Em usos e costumes, vendo as singularidades de um e de outro, as precisões, o júbilo de estar na companhia, que não se banalizava, o comer do pão juntos, o café, a rotina que não era igual e o que se repetia, se inventava, o eleger da natureza que sabia os sons merecedores de ser escutados. E Matusalém era um distraído com tinos de paciência. Certa manhã, quando em casa, lá do quarto, Lídia ouviu um barulho estranho e se espantou.

— Não te preocupes! – Matusalém alertou. – Não foi nada. Meu terno que caiu!

— Qual a origem do ruído? – indagou Lídia.

E a explicação:

— Eu estava dentro dele.

— E no tombo não te machucaste?

— Nem ele, nem eu.
Mas Lídia tinha também pequenas sutilezas. E sugeria:
— Não deves dar a uma pessoa algo antes que o dia se tenha passado.
— Por que não? – interessou-se o marido.
— Muito simples. As pessoas só valorizam as coisas na dúvida de obtê-las! Quanto mais dúvida, mais precioso o presente!

Nem com o cão Crisóstomo Matusalém perdia o momento de experimentar. Um dia o fez transpor as águas do riacho Nuvem da Fonte, e o animal ficou ensopado, sacudindo-se com água fria. Como falavam entre si, o cão esperto resmungou. A justificação de Matusalém foi a de que na água ele ficava mais leve. E Crisóstomo não deixou de, respeitosamente, ponderar:

— Sou mais leve na luz, não na água!

É verdade que, coisa pouco comum, o cachorro matreiro adivinhava as manias do dono. Sobretudo quando pesava a mão sobre o seu lombo. Então o saudava, abanando a cauda. Porém, ao se abrasar no sol, o cão pendurava de água a língua, como se mordesse outra língua no ar. E em tudo Matusalém dava a impressão de possuir o mesmo instinto rastreador do cachorro. Não tolerava que a alma não fosse limpa ou se encardisse com o mundo. Com humildade, não temia nada nem ninguém.

Lídia era o reino onde o amor não carecia de datas. Com Matusalém mantinha um convívio suave, sem as contendas que rugem entre casais, às vezes por nada. Quando ela sorria, ficavam os olhos dele bem menores e a fronte mais altiva. Lídia aprontava pratos saborosos, mas a predileção de Matusalém era sem metafísica: arroz, feijão, carne moída, farofa e pimenta. E degustava tão apetitosamente que até a camisa geralmente compartilhava. Ou em fatias ia merendando a calça, menos crédula ou despretensiosa. A fome é uma investigação constante! Oracular, ruminoso e farto, sem remendar sabores com panos velhos, deu com os olhos no relógio da cozinha. Na carruagem do cérebro, o tempo não é cocheiro, mas é dominado pela velocidade dos cavalos. E esses, pela fúria dos vivos. A espécie humana compensa a janela de uma época por outra, a consciência do remorso pela ausência dele. E o remorso é uma mordida na pedra, quando vai a velhice disfarçando o riso. Tudo na velocidade dos cavalos dos ponteiros. Pensou nas imagens que se desenhavam nele, mentalmente, como um filme animado, e transitou um sabiá na moita – era o relógio que ficava. E quem ia voando: o tempo. Depois percebeu o engenhoso maquinar que se ia carregando, engatilhado. E, se a bala era o tempo, o tempo matava. E matava. Não ele, não! Porque tinha palavra. E então fixou na parede o afoito relógio que se desequilibrara, achando-o dorminhoco ou abobado. Deu uma pancada com as mãos para trazê-lo à realidade e vieram seis horas a seguir, num intrépido: galgos minutos. Indefeso, aguardou a reação e foi-se retardando, retardando. E Matusalém o colocou no acerto, dando corda. Mas que corda há de ser utilizável no descuido de existir ou diante do susto de ser "espetáculo aos homens e aos anjos"? Deu corda. Mas não antes de levantar a tampa do mecanismo do relógio. E não há mecanismo que explique a vida. A que respira ou se inventa. E não cabe em si mesma. Mas tampa não existe na alma do homem, nem existe tampa de alma tangível ou capaz de modificar ou deslocar o motor da perigosa sina. Matusalém, ao notar que Lídia, com olhos viageiros, o observava, disse:

– Viste? O relógio só se atrasou a si mesmo, o tempo continua, impávido.

– Continua! – respondeu ela. – Imagina a tarefa do relógio de ir cavando, cavando horas no cano dos ponteiros. Até quando?

– E as horas são vespas. Mordem, ao vir em bando. São vespas, Lídia, que revoam em círculo.

Foi quando, espaçoso, Crisóstomo se derramou no assoalho como ramo de uma videira que latia. A tarde também se derramava com a felicidade de estarem, lado a lado, sentados na sala, Matusalém e Lídia, contemplando o sol insistente e iletrado sobre o espelho, ao fundo. E ele refletia a perfeição dos dois num só. Se há um tear no cruzar da claridade no espelho ninguém sabe, mas como refrear o que se agrega nessa interjeição de imagens? Quando um se move, o outro é movido, adivinhando-se sem precisar de conteúdo. Não gaguejavam o muito do que se apropriaram. No mais espiado poço de consolo, só ambos espreitavam. Não há feitiço de amor, mas sensatez da loucura. Amenidade sem assunto. Sem dizer onde a conversa parou. Nem a que ponto a nudez começa num e termina noutro. Ou vai a nudez trabalhando para o augusto princípio das coisas, ou cai no cândido quintal da infância. Ou invade a soleira do firmamento. Amor encurtando o decreto do amanhecer.

CAPÍTULO QUARTO
De como o tamanho de um homem é a fé.
Ou de como Matusalém se acendia no amor de Lídia
e de Crisóstomo. Ricardo Valerius e o
nada que engorda o espírito.

Não adianta, Matusalém! O trigo está alto e amar é aceifá-lo, quando tem odor de ouro. A saudade é um sol, pavão com penas radiantes. Saudade: sol ao meio. Sem rocio, caminhaste a pé. Depois, com a amada dormiste naquela tarde, sob o cúmplice teto, quando o sol não hesitava em ativar seu desenho nos corpos e nos móveis.

E tens razão, Matusalém: onde vais, Lídia te acompanha. E alto aí! Já suportas dividir os caminhos, os secos e molhados da adotiva vida. E recuaste na truculência e na provocação porque uma mulher te salvou de ti mesmo. Lídia gosta de adormecer ao teu lado, até que alvoreça. Ou espanta os teus sustos, conversando, ou ancorando-se em ti. Enquanto os grilos troam, e o dia avança atrás dos grilos, e não há alma que baste, no entardecer, para contar os grilos das estrelas. O tamanho do homem é a fé, Matusalém!

Os dois se acenderam como a palavra, uma pedra noutra. E o riscar de vaga-lumes. Bem haja.

— Matusalém, escuta e me explica: não conseguiste ver teu pai nem tua mãe? – ela disse.

— Nem eles me viram. Só lembro de quando fui saindo, saindo do corpo de minha mãe!

— Como um cacto do deserto! – Lídia exclamou, com piedade.

— Sim, um cacto que deu flor.
— A flor é dentro.
— Eu te amo, Lídia, com o voar de todos os pássaros. E o amor é o meu pai e minha mãe.
— Também te amo. Quando te beijo, bebo o sol.
— O mesmo sucede comigo, agora. Não há prazos de amor.
— Não. Um não acaba no outro.
— Suporto existir, o que era difícil – confessou Lídia.
— Difícil é não crer no fim do mundo – aventou Matusalém. – Mas tenho a certeza de que o mundo só acaba se o espírito termina.
— Para mim, não. Penso que o mundo é grande e nós, pequenos. Se o amor não acaba, o mundo também não.

Matusalém não estava habituado com as refutações, mas se calou. Amor diz mais alto os próprios sonhos. E apenas sorriu, porque seu corpo sorria imperiosamente. E disse:

— Não importa mais que o mundo termine ou não. Basta-me estar contigo!

Deixou seu rosto cair no relvoso colo de Lídia. E ela murmurou:

— Esgotamos o mundo, sim, quando esgotamos as palavras.
— Concordo. Palavra é mundo.

E acrescentou:

— Inventaram tanto sobre mim nesta cidade. Não toleram que eu seja diferente.
— A diferença parece crime – raciocinou Lídia. – As pessoas custam a entender que umas não são iguais às outras.
— Não são os iguais, mas os diferentes, que mudam o mundo – advertiu Matusalém, com certo ar profético.
— O mundo não sabe nada – retrucou Lídia, olhando com ternura. Com um pequeno chão que saltava das pupilas.
— O amor é que ensina o mundo – atestou Matusalém, fitando-a.
— Tu és de outras idades. Sinto isso! – adivinhou Lídia.
— Eu sou pampa, onde o sol bate no mar. E o campo amarra o horizonte.

Era uma entressala de poço a noite. Foi quando Matusalém apertou a amada mais forte contra si e ela corou, e havia luz caindo na casa. Como na cabeceira de um rio. Ressoava o vento, tentando colorir a aurora.

Crisóstomo, o cão, se resignara. A vida não é mais do que isto: aguardar o dono, sentir com ele. Encostar-se no fundo da casa ou apanhar sol lá fora, no sedoso pelo, latindo menos, crescendo na felicidade de Matusalém, às vezes chegando a ser homem no entendimento, pois nada conhecemos da copiosa sabedoria dos animais. E quanto menosprezamos sua bonomia, achando ser ignorância deles o que é limite de ver com nossos incuriosos olhos. A felicidade não se rachava com os farejáveis ossos e era seu tutano a bem-aventurança dos dentes. Elevava-se e baixava o focinho para catar pêssegos ou peras tombados ao solo, ou seguir o ninho de formigas. E por que não era homem? Sancho Pança de pluma e patas, consciente de seus afazeres, não se descuidando, sobretudo na defesa do dono. Convicto da missão, não se deixava levar, mas queria que o chamassem por outro nome, além de Crisóstomo, irrevogável. E, se o chamassem diferente, não atendia. Não atenderia nunca, resmungando, molestado. Era a insofismável identidade canina, que, mais do que a dos humanos, quer respeitabilidade. Sancho Pança era na confiança de seu amo. Com língua que gane e não mente, nem trama, nem manipula, como a da espécie que se intitula superior no seu cinismo. Não existindo superioridade na fome ou na ternura. O animal não conhece a farsa, repudiando, ao latir, a hipocrisia. Esse cão, que se aborrecia do nome Sancho, achando ser injurioso, já que era Crisóstomo e não havia outro, servidor afiado nos deveres, nada devendo em comparação ao do quixotesco ofício, sem ter jamais imposto o prêmio de uma ilha. E, se a verdade do amo era defensável ou não, pouco lhe importava. Bastava alegrar-se com ele, e até o pão, a água e um canto de dormir se tornavam aprazíveis. Com cabeça tinhosa e prática, entregava-se ao suave jugo do amor.

Além disso, é sabido que nenhum cão necessita de educação sentimental para ser melhor guarda ou mesmo para namorar alguma cachorra da vizinhança. Não compreendia a forma com que os homens se importunavam com mínimos assuntos quando farejava a lua tão próxima, com a natureza se apegando a ele como casca no tronco.

Um pensador búlgaro queria saber se os animais tinham menos medo ao não viver com palavras. Como se o temor viesse delas, quando podia advir de sua ausência. Mas isso não preocupava Matusalém nem por um til, por acreditar que o medo provinha antes das palavras e serem elas a desplumar o medo. E os cães, ao latir, tentavam substituí-las com esses ruídos de alma. Crisóstomo não precisava raciocinar, menos ainda com as enciclopédicas orelhas, sobre tão sinuoso assunto: era alma que, ao tinir ganindo, tirava ou afugentava o medo das palavras como borboletas da árvore.

Desceu a manhã e uma tristeza se atracou no cais do peito de Matusalém. Vindo-lhe à tona a retraída dor da viagem do nascimento. Atravessada pelo cordão umbilical de sua mãe morta. O coração duro, pétreo de chorar, não resistiu. "Homem não chora!", diziam-lhe na infância. Mas chorar é ferozmente humano. E o cachorro Crisóstomo o olhava muito, como se de outra idade. E tinha nas pupilas todas as idades. Como se o contemplasse de algum sítio remoto, onde apenas o afeto se distingue e o desamparo tem a densidade do pó. Chorou, sim. Duramente. Como se um grito saísse pela vista, água de grito. E Crisóstomo parecia saber de tudo, desde antes. Como nós, viventes, quando cai sobre nós uma torrente que arrasta de roldão a repentina alegria. E não existem climas, esferas de poder nem a ambiguidade vultosa das erudições. E o sonho é uma hierarquia dizimada.

Crisóstomo olhou muito, sofridamente. Era o mundo de um cão e o outro, o de um homem. Mas os dois não estavam apartados nem sequer pelo matambre das convenções. E subitamente se uniram. Crisóstomo se aproximou, terno. Matusalém não via nada, só as lágrimas viam. Com o tombado céu e pesarosa neblina. O cão se achegou e foi lambendo de seu rosto cada gota, como se mansamente deslizasse com o focinho confiado pelo mesmo rio sem foz. E o beijou. Longe de toda a estrutura da espécie, essa que embasa os seres, longe dos ordenamentos e governos, longe das ambições e das disfarçadas glórias, longe da potência ou impossibilidade, achou Matusalém o consolo, a fidelidade insaciável de um animal de alma.

Não discutia o cão com a sede e a fome. Elas atacam, não discutem. O que lembrava com infantil carinho eram os momentos em que Matusalém o abraçava pelo pescoço. Pressentia a hora da vinda de seu dono, quando partia, como se fosse a ele ligado telepaticamente. Era perito nos sinais e alcançava Matusalém pelas pegadas, a quilômetros de distância. Não se enganava. E com rapidez aprendera seu gotejante idioma. Nascera um ritual entre o cachorro e o dono, certa confraria atada a um nobre sortilégio. Como se aquele animal adquirisse alma comum, inadiável. Com laborioso sentido de realidade. Relatam algumas línguas afiadas que os dois sozinhos assuntavam, como se houvessem se extraviado das fábulas. As alusões e conselhos ficavam entre eles, como se falassem num idioma escondido aos demais humanos. Compreensível aticamente, pelo movimento dos olhos. E é sabido quanto os olhos são prodigiosos na fala se homem e animal são unidos de amor. Não precisam de letras, com a comunicação traduzível num relâmpago. Há segredos inatingíveis entre as inumeráveis vozes que nos rodeiam. O que não era avesso ao que Matusalém apregoava, sendo para ele fábula a verdade indubitável do cosmos. Sim, com rapidez o cão aprendera o andejante idioma de seu dono, preservando os falados vocábulos lá por dentro, num medular depósito. Nem tinha precisão de coleira, como tantos companheiros, já que seu lugar possuía o mesmo espírito que ele. E a sua sociedade, a única que fazia questão de frequentar, como o paraíso, se para ele houver, era a de seu dono. Vejam os leitores: nos homens e nos bichos há uma incurável ordem de amor apenas completável na eternidade. E o universo, por mais que faça, é de impossível harmonia. Ou toda harmonia é clamor por mais luz.

Era difícil para Matusalém o desaferrolhar do afeto, difícil, arrastado. Como se tivesse de mudar de razão a paz e de fósforo a chama. Tinha amizade mais achegada com Ricardo Valerius, o filósofo do delírio da razão criadora, que teria retornado da morte por julgar o além tedioso, o que não se averiguou a fundo. E essa amizade tivera tempo, afinidades, gestos, confidências, ainda que Matusalém estivesse convicto de que ideias não se juntam nem se reformam. Ao se escassearem as cartas, a solidão os arredou de vez, ficando sempre presentes a generosidade e essa boa lembrança que não envelhece. Tudo é como um golpe de pá, um nada a outro. Tudo se engole, e os nadas engordam o espírito! Ouviu dizer que Ricardo Valerius fora para Paris, convidado a lecionar na Sorbonne, com discípulos que vêm do interior para escutá-lo. É um filósofo que se impõe pela visão original, com "o delírio da razão criadora", que não se estende apenas ao mundo do pensamento, mas também à literatura. Matusalém, saudoso do que fora essa amizade, não comentou a esse respeito com ninguém, nem com o cão. O rosto não substitui a alma. Mas dois seres o absorviam – Lídia e Crisóstomo. Não julgava surgir mais espaço, considerando que os rostos se guardam nas máscaras, e as criaturas, as mais afeiçoadas, comunicam-se pelos buracos das máscaras, no raro instante em que elas são arrancadas, na viagem a cavalo de uma aldeia de alma a outra. É verdade que, por meio de Ricardo Valerius, conheceu Linério Ross, com quem simpatizou. Desde o aperto de mãos até o abraço vai o percurso entre os poços. E, pelo afeto, Matusalém caminhava a pé. Nalgumas festas, conversas, trocas de brisa e confiança, sentaram de uma palavra a outra. Porque amigos se provam com palavra. Linério Ross tinha cabeça proeminente, com a testa polida como um joelho, pele cor de salmão, olhos amarelos e cintilantes, nariz aquilino, cabelos ralos, mãos nervosas e magras e certa argúcia de quem se acostumara a meditar. Prodigioso na citação de livros e autores, mas dado a falar no desaviso, como se tivesse corredeira na língua. E possuía reações abrutadas, não se desculpando nos deslizes, com depressões, mau humor. Dar-se conta do ridículo era inefável. Mas ele era por demais sério. E ocorreu o choque. Sim, Matusalém foi atingido pelas costas com o mais sorrateiro falar de Linério. Esse que fere ao revelar o que o fiel amigo pensa dele. E era sórdida inveja, ao que Matusalém reagia com nojo. Nojo. E se repetiu. Achando-se traído, dele se afastou. Não se alistara na crepuscular sociedade dos lobos nem se envaidecia por haver descoberto um deles. E o que prevaleceu? Talvez só a "honra no amigo ao inimigo" – tal como lera em Nietzsche. Ou a onerosa e sutil comunicação, restrita aos buracos da máscara. Sabendo mais de nós, mais do que todos, a memória. Ou a máscara da memória que se acorda. E nunca mais Matusalém e Linério Ross se encontraram. Talvez também por não se encontrarem as memórias.

Choveu à noite, e choveu na noite seguinte, e choveu sobre Pedra das Flores impiedosamente. Nós, humanos, só chovemos nos olhos a dor com que nos amamos ou matamos. Desceu uma pedrada do céu no fojo dos trovões – um não quer ser igual a outro, fazendo tremer os telhados. Crisóstomo também tremeu e se escondeu debaixo da mesa da sala, encolhendo-se como um feto alojado no ventre. Era corajoso, em tantas ocasiões a favor de seu dono, indômito. Mas ignorava os terrores, embates e sortilégios da potestade, não precisando discutir – o que também Matusalém não fazia – com os enigmas e os medos que o sobrenatural impõe. E é tão perigoso de se resvalar. Mas o cão Crisóstomo, por instinto, diante do mais remoto e menos explicável, amoitava-se e não se expunha igual aos tolos. Com os bichos e os homens ele se intrometia, desempenhava seu papel, estranhando um bocado nesses a complicação e a soberba. "Pobre dono", pensava, "é tão duro suportá-los!" Matusalém, no entanto, era exceção. Não exercia em relação ao seu cachorro escudeiro qualquer mecanismo crítico. Muito menos o visgo da ironia, que o cão aproximava do repudiado e malcheiroso resvalar dos peixes no balde. O dono lhe era precioso e intangível. Pertencente a uma espécie de sideral altura, soando-lhe a voz igual à música, que não era preciso decifrar. As orelhas viam tanto quanto os olhos. Algumas vezes, mais. Creditando a favor de sua prudência o temor. Ao lado, Matusalém e Lídia escutavam o ruidoso trovejar do céu e a chuva trotando na água. Longe, perto, os tambores indulgentes do vento. Lídia, com um pouco do medo que na infância a conduzia para a cama dos pais, abraçava Matusalém, um no outro pousando. Sim, somos humanos, tênues, arrogantes, não conhecemos a linha que nos demarca. E o que parece nos conter nos ilumina e identifica, sendo aventura atravessar o sonho, atravessar a porta, atravessar o campo, atravessar relâmpagos. E não perder, no amor, o assomo da loucura. Essa mesma que não consegue contar as estrelas.

CAPÍTULO QUINTO

De como nos escapa o osso da consciência.
Ou a energia desmedida do valente Matusalém, sendo existir
um assovio no escuro. De como ganhou uma faca, menino,
de Antonino, o ferreiro. Belgrano e Silvana, seus professores.
O crescimento de Lídia entre Eunice e Florêncio.
O reaparecimento de Bilbao Rudin com seu grupo.

"Sim, nós humanos somos perplexos", pensou Matusalém, "porque nos escapou um osso de consciência. Resistimos com o que temos, e o absoluto nos tenta puxar para fora." E murmurou para Lídia uma frase que restou isolada, enigmática, repentina:

— Lídia, avançamos para as estrelas!

Ela não compreendeu e perguntou-lhe o motivo. O companheiro a fixou com candidez de menino e não explicou, justificando:

— Nem tudo se define. Mas avançamos para as estrelas!

E o pensamento dele se virou ao redor da redonda pedra da lembrança e de outras, batendo como faíscas. E veio-lhe a recordação da maneira com que saiu de sua mãe morta. Sobreviveu detrás da pedra da morte, e Lídia somente ouviu mais esta frase, agora capaz de surpreender nas funduras:

— Lídia, ninguém sabe mais da morte do que eu!

Foi quando sua mulher se enterneceu, abraçando-o.

— Ninguém sabe mais da morte do que aquele que veio dela. Ninguém! – repetia.

Criança, desaprendera desde cedo a chorar, e quem o acolheu na orfandade foi sua tia Marilda, boa e gorda, que se tornou sua mãe grande. Não esquecia e queria contar a Lídia. Carecia desse derramar da memória. Até que tudo nele se equilibrasse. Alfabetizou-se devagar, numa horda de espinhos, e era igual ao ascender de uma montanha. Tinha força descomunal. Não protelava lutas com os desafetos e vencia. Ninguém restava impune de seus punhos, que pareciam de pedra. Cansara de ser repreendido pelos professores por sua agressividade. E o pior, alegrava-se em bater. Como se compensasse o buraco da infância. Mas não perdera a bondade. Quando uma aluna no pátio não tinha o que comer no recreio, deu-lhe o seu apetitoso pão com queijo. Na rua, diante do frio, ofereceu o casaco novo para cobrir um mendigo. "O humano é o que menos se entende!", balbuciou, ainda rapaz, para sua tia Marilda, de nenhuma instrução e muita alma. Contou, contou tudo isso, e Lídia escutou. Com lágrima limpa, crescida, pairando na face. E a cabeça grandona do Sol parou sobre o rochedo no monte quando a brisa começou a bufar na luz. Com a memória que também tinha os olhos muito grandes.

Era reconhecida em Pedra das Flores e cercanias a energia desmedida de Matusalém. Capaz de lutar fisicamente com cinco ou seis homens corpulentos e vencê-los nos músculos. Ou com mais de dois em queda de braço na mesa. Sua energia era a de uma azenha em atividade. Numa aposta com alguns companheiros na praça, pegou um cavalo fogoso pelas orelhas e jogou-o no chão, com relinchos e alaridos. E alardeou diante dos presentes, com o semblante suado:

– O essencial é não se amedrontar nunca!

Se alguém não o agradava, não simulava, não sabia simular. O olhar do cão Crisóstomo o acalmava como mão na onda. Mesmo antes de se amaridar com Lídia, sofreu um golpe com a morte de sua tia Marilda num amanhecer cansado. Ninguém sabia mais de morte do que ele. E chorou no fundo da casa. Chorou com a terra e as pedras, vendo sua afeiçoada tia sumir na vastidão do solo. Como uma nuvem na tempestade. Foi quando passou a morar na atual residência. Mudou de não querer mudar, acreditando inexistir luz na morte.

O que os moradores não ignoravam era o imprevisível manejo de faca, ainda pequeno, de Matusalém. Muitos o temiam.

Iniciou-se com a visita a Antonino, o ferreiro, nas proximidades do Colégio Principal de Pedra das Flores. Fugia das aulas que o aborreciam e ia ver seu amigo Antonino trabalhar o fogo e os metais. Prendia-se a esse mistério. Contemplava por um tempo a fornalha e as chispas nos olhos. Antonino era grande, robusto, ombros largos, cara troncosa de coruja no galho. E com músculos que davam a impressão de esbrasear nas chamas. Amoitando serenidade e altivez. Antonino ficou cativado pelo menino. Um dia recebeu dele o estranho pedido:

– Podes fazer para mim uma faca?
– Para quê? – indagou.
– Para treinar pontaria nas árvores.
– Só para isso?
– Também para me defender, se preciso.
– Parece perigoso, és muito jovem!
– Não. Vou cuidar bem. Será uma lembrança preciosa para mim.
– Vais te cuidar mesmo?
– Prometo.

E ganhou a faca. Prudente, Antonino meteu a faca dentro de uma palavra, como se fosse um cadeado. Tal palavra pactuada só seria afastada para sempre no instante em que Matusalém alcançasse a maioridade. A palavra vestia a faca como bainha. O mais insólito é que o seu possuidor pôde manejá-la livremente no ano exato em que Antonino, vítima do câncer, bem mais tarde, depois das núpcias de Matusalém com Lídia, teve seu cadáver transportado para a inerte e desalmada ferraria da terra. Noutra paz, sem martelo ou bigorna. Atônita. Os mortos sem querer nos prendem ao lugar onde repousam. Como se também pertencêssemos a ele. Cada vez que utilizou a faca, no futuro, apareciam a Matusalém o rosto generoso de Antonino e a saudade que tem o Sol no meio. A faca era guardada luzidia, cintilante, na gaveta do armário. Tinha muitas infâncias no seu fio.

O que não contei e aconteceu, e é como o tempo se desarma, é que Jerônimo Belgrano e Silvana foram professores de Matusalém no Colégio Principal de Pedra das Flores. Ele era franzino, de olhos avultados, cabelos espessos; e a mulher, bem mais jovem, loira, garbosa, agradável nos gestos. Belgrano lecionava português e desenhava no quadro negro as letras e sua combinação. Admirava a multiplicidade dos vocábulos, mas não a queria para si.

– O português tem toda a infância dentro – balbuciava. E acentuava o timbre: – O que posso sem infância?

Silvana lecionava inglês com voz arrastada e admitia, usando o bom-senso:

– O que interessa é que nos completamos na fala. A diferença não põe musgo em pedra.

No início, Matusalém detestava o português, com sua gramática atulhada de regras. Mais ainda o inglês, para ele, língua bárbara, carnuda, agressiva. Mas foi vencido pela habilidade e simpatia do casal. Tinham prazer em ensinar, temperando as aulas com humor. Os discípulos acabavam rindo e gostando.

– A língua é um jogo – observava Silvana. – Já viram o jogo de armar? Assim são os sons, a pronúncia repetida.

Outra vez sublinhou:

– Língua é alma. E não se mexe muito para não rebentar. Cada idioma é um "eu". Não passa disso. Eu pego um "eu" de alma e vou adiante.

Jamais ficou Matusalém sabendo ao certo quantos "eus" podia deslindar da alma, como língua, nem da língua, enquanto alma. Bastava-lhe o "eu" inumerável de tanta alma que transportava. E ainda tentava descobrir vida afora. Até o fim.

Lídia, após as núpcias, retirou-se da Escola de Arte onde ensinava música e restringiu seus contatos com as amigas. Tanto em relação à dentista que trazia, junto ao nome, a vontade mais que adjetiva de viver, Maria da Graça Aveleira, filha de estirpe ilustre, como Cíntia Ferri, de descendência italiana que lhe adornava os traços, colecionadora de borboletas, poeta e parcimoniosamente dedicada à ciência médica. Iam a jantares e festas e conversavam até as horas pararem ou assistiam a filmes, sobretudo os de Bergman, Fellini, Chaplin, René Clair, "Monsieur Hulot", Woody Allen ou Kurosawa. Se houvesse discussão após o cinema, os dois últimos cineastas sobressaíam na preferência de Cíntia, que os defendia com a argúcia de superdotada desde o colégio. Mas agora o que ocorre é um telefonema ocasional, algum diálogo em loja ou na rua, e mais nada. Os laços são como as coisas que se vão eliminando entre si. Em corrente que flutuou no passado de Lídia, principalmente da infância entre os livros e a escola, fragmentos de rimas infantis, advérbios de dever, os trancos e barrancos de uma história que ela intuía e ninguém era capaz de narrar. Com os devaneios da natureza que a cercava na fazenda, onde seu pai, Florêncio, indomável nas lides do campo, de olhos verdes e um ombro menor que o outro, alto e duro no timbre e nos gestos, comandava soberano, entre vacas mugindo, pássaros chilreando, cavalos pascendo e o indômito ladrar dos cachorros. Compreendida desde cedo por sua mãe, Eunice, que a defendia das exigências e dos rigores paternos, Lídia se ligou à natureza e, mais tarde, aos estudos no Colégio Principal de Pedra das Flores. Ensimesmada, parecia que na sua existência quase estática nada sucedia, imaginando-se desajeitada e tímida, não tendo apreciado sequer o primeiro baile dos quinze anos, quando o salão rodava e ela se distanciava das irreverências de outras jovens, resmungando a si própria:

– É preciso conter a impaciência da alma.

Mas a alma não se desprende dos seus sortilégios, sendo atraída mais pela leitura de diários do que de romances. Porque sua ânsia era de viver, não de imaginar. Com a noção antiquada do que era certo transformada aos poucos para o que era livre e mais realizável. Porque as noções são como gotas que se reproduzem no vivente balde, em doses que variam com as necessidades. Descobrir Matusalém – ou ser descoberta de amor por ele – era também o achamento de seu polo de equilíbrio. O pai falecera de câncer no estômago, mas não mantinham maior comunicação, salvo a certeza de serem diferentes. A bem-aventurança foi sua mãe, Eunice, que, vindo morar na cidade, tinha a lucidez de não lhe atiçar as brasas de um temperamento diligente e afeito às intempéries, sendo a conselheira e ajudadora. Foi esquecendo agruras graças a ela, que com mente original estimulou a inteligência da filha, desenvolvendo nela a resistência diante dos sucederes, certa da lição de Nietzsche (seu autor de cabeceira) de que "o que não mata fortalece". Ensinou também que alguns erros são mais úteis para a maturidade do que os acertos, cerzindo-lhe um afiado espírito de justiça. Assim Lídia se preparara para Matusalém, pois ao casar não recusava letra alguma na cancela do alfabeto de sua nova morada, tendo na companhia do marido repouso, sustento e certa beatitude. O raciocínio de uma verdade que começa a ser criada e adivinhada. O resto é fogo que se alumia sob a candeia e a mutação. Existir se adelgaça como um assovio no escuro, depois vai se munindo de sucessivos silêncios. O que é a vida senão a concha da memória? E o que é a memória senão a vida que se oculta sob a concha? Não vivemos de lado, vivemos para o fundo. Puxando da alma o impossível.

Numa manhã, Lídia apanhou Matusalém na janela, embevecido. Perguntou a razão e ele disse:

– Assusto-me com a beleza do bosque aqui perto, o prodígio da árvore do céu, o mar, as aves. E sou livre!

– Só se distinguem vivos e mortos! – ela observou.

– E a velhice?

– Sufoca. É o esfriar dos ossos.

– Não a quero para mim! – reagiu Matusalém. – O amor jamais envelhece.

Mais do que por hábito, Matusalém não deixava de preocupar-se com Lídia e suas vontades, que não eram muitas. Trouxe para casa a harpa de estimação, onde segurava o entardecer, tangendo. Quando a melodia se elevava, Lídia falou que a porta do paraíso se movia. Matusalém, sorrindo, disse:

– Ouço apenas o zunir da porta nas cordas.

– É que escuto a porta do paraíso quando se abre e a escuto quando se fecha.

Música para ela também era um espelho grande, que faltava em casa. Pediu ao marido:

– Vai e vê um espelho para nós. E o que vai segue as andorinhas.

Mas concluiu, pensativa:

– O espelho tem sonhos dentro que podem vir para fora, para o mundo.

– É. As imagens dos sonhos não param no espelho. Vou!
Ela insistiu:
– Ver é tão desfrutável quanto viver.
Era um anão o fabricante de espelhos. Seu nome, Salazar. Não conseguira crescer nos membros inferiores. A cabeça, enorme, feições bonitas, rosto acriançado. Pernas grossas e curtas. Caminhava morosamente. Tinha a língua pronta e inteligência que sobressaía. Foi criado sem o crivo da anormalidade. Inventava espelhos, lucrando com eles. Alguns planos, outros incolores: reproduziam o reflexo dos seres e do mundo. Mais tarde, criou espelhos côncavos, que reviravam as coisas ao inverso. Evitava contemplar neles o corpo. Como se fosse inacabado.
Matusalém entrou na fábrica com sua corpulência. Salazar o acolheu, sorridente, sem saber o que tinha a ver com espelhos tal visitante. Logo que observou o anão, com a testa proeminente e os joelhos miúdos, compadeceu-se, como não costumava. Ou a parecença com o deformado reflexo? E vozeou Matusalém:
– Vim comprar um espelho! Para me conhecer, e eu me ando procurando – acrescentou.
Salazar não esperava a segunda frase, que veio de repente. E replicou no mesmo tom. Gostava das jubilosas palavras, as inocentes, imprevistas. Até de provocação ou desequilíbrio.
– Sim, o espelho é capaz de nos pôr dentro dele.
– Ele segura a luz, e eu preciso de luz – desabafou o comprador, com certa humildade.
Salazar saiu do balcão e foi buscar o espelho, maior do que ele, escorado na parede. Com dificuldade o trouxe.
– O espelho é um poço? – murmurou Matusalém.
– Sem água – respondeu o anão. – Mas com repuxos de luz.
Matusalém colocou o espelho nas costas, filosofando:
– O espelho é feliz, desperdiça luz.
– E eu sou uma luz inacabada – gaguejou o anão. – Luz que estragou.
Falava com visível amargura. Matusalém descansou por um eito o espelho, depois de pagá-lo, e estreitou o anão Salazar ao

peito, com força, tomando de surpresa o outro. Era a humanidade toda, ali, doída, disforme. Gritando desde o nascimento.

Magro, cabeça grande, pernas longas, era Daniel, e assim apreciava ser chamado, não exibia o sobrenome de família. Poucos conheciam o Régis que nele se ocultava. Afeiçoou-se a Matusalém e Lídia como um filho, não esquecendo o benemérito osso ao amigável cão Crisóstomo. Sim, todos os sábados e domingos era comensal no café da manhã, não resistindo ao sapientíssimo bolo de chocolate. Seu ofício era de tanatopraxista.

– Tão moço – dizia Lídia – e tendo de preparar defuntos para a última morada. Quando se arredava do casal por um tempo, a desculpa vinha:

– Tive muitos viventes a desalmar!

Matusalém não entendia a escolha da bizarra vocação. O jovem justificava:

– Com duas coisas não se perde a freguesia. Os armazéns e mercados que alimentam o consumo e a perícia em preparar defuntos para a última viagem. E nisso me especializei. Aperfeiçoo os finados e os embalsamo para o repouso do caixão.

Daniel, onde estivesse, recebia o telefonema, a morte o convocava, e lá ia para os atavios finais. Sua ausência cresceu durante sábados e domingos no café matinal, salvo em alguma folga. E que folga o trabalho da morte concede?

Não foi Shakespeare quem afirmou ser a dor da morte só existente na imaginação?

Outro tipo curioso de Pedra das Flores era Heraldo Trinta. Tinha um pouco de Carlitos, sem a bengala e sem o humor. Frágil, vestido com um traje batido, gravata sempre da mesma cor desbotada. Visitava cotidianamente a Academia Literária da cidade, sem faltar às palestras ou festas. Todos o conheciam e estimavam como parte do mobiliário. Admirava Matusalém de longe, apresentando-se a ele com adverbial sorriso. Era capaz de descobrir não só o nome e o número de cada cadeira e os antecessores, como a história da instituição. Matusalém, jocoso,

certa vez lhe perguntou por que se apegara tanto à imortalidade. E, de imediato, carregando o passo modesto:
– É a única esperança que me sobra! As outras adoeceram. Contam algumas línguas que você não conhecerá a morte, ainda que sem sodalício.
Matusalém tentou mudar de assunto, ao ver que pessoas se achegavam. Mas Trinta continuou a falar, como se testemunhasse:
– Eu preciso dessa sombra de glória. Ninguém concebe a forma com que esse brilho sonoro me persegue. Igual a um fantasma.

E foi um sobressalto o reaparecimento de Bilbao Rudin e seus ciganos dois anos mais tarde, em Pedra das Flores. Mais envelhecido, com os grossos lábios feridos no canto, voz mais pausada e calma. Com quatro saltimbancos que não paravam de pular, concentrou-se a trupe na avenida Petrópolis, junto à praça, e foram logo cercados de povo. Vieram acompanhados por dois seres que não se classificavam nas espécies zoológicas. Um leão com cara de homem, que falava num idioma intraduzível, com maxilar terrífico, às vezes bramindo, a cauda oscilante e as patas potentíssimas, com uma incauta estrela na testa. O outro era um tigre com asas de albatroz, membros robustos, característicos dos felinos, e olhos sulfurosos. Ambos eram conduzidos por um domador, com chicote, que vinha à frente, caminhando com os animais sem sair da fila, disciplinados e obedientes. Falei que Rudin envelheu, mas suas piruetas e acrobacias continuavam flexuosas, hipnotizando os espectadores. Foi Bilbao Rudin que reencontrou Matusalém, exatamente no bar do Hectelindo, à beira de refrigerantes. Rudin dava a impressão de muita sede, suando com o clima quente da cidade. Contou a Matusalém a maneira com que arrostou a morte algumas vezes, ou por febre amarela, ou por quase afogamento no Atlântico, quando velejava uma barcaça, ou num incêndio, quando visitava um amigo na Europa. Mas ali estava intacto. Aprendera suas artimanhas e a forma de enfrentá-la. Matusalém não se deu por achado:

— O maior segredo — afirmou — é não vê-la e não ser por ela visto. Ou então que a morte se sinta tão ocupada que nos esqueça.

— Descobri — advertiu Rudin — que ela teme as palavras.

— Sim, quanto mais palavras ainda tivermos, mais ela fará de conta que nos ignora.

Perguntou Matusalém, em natural curiosidade, sobre os dois estranhos animais não classificáveis na fauna.

— Como vieram?

— Dos sonhos. O primeiro traz o nome de *Homo abissalis* e o segundo, de Tigre Albatroz. Desde que surgiram me seguem.

— Mas podem ser perigosos — aventou Matusalém.

— São perigosos, se provocados. Ambos são muito cônscios de sua dignidade. No mais se comportam como cordeiros.

— Cordeiros?

— Sim. E se movem, iguais aos demais bichos amestrados.

— Qual a sua utilidade, salvo a de assombrarem?

— Mostram o enigma que nos circunda. Principalmente a proporção em que os sonhos nos são desconhecidos. E refletem o invisível.

— E como também eles nos desconhecem. São emissários mandados para nos observar e vigiar.

Bilbao Rudin assentiu com a cabeça quando Matusalém finalizou a conversa com a frase:

— Os sonhos existem para nos perturbar. Ou exercitar o futuro!

Foi a última vez que se viram. Matusalém foi tomado pela estranha premonição de que Bilbao Rudin tinha os dias contados, já pelo perfil com nudez de pedra puída, já pelos belicosos animais dos sonhos que, tão inofensivos, o acabariam devorando, já por ser incoerente o porvir, ou pela cara de ervas tão próxima de se desfazer nos pés do vento. E como se escutasse:

— Os vivos existem para nos perturbar!

Matusalém, chegado em casa, manifestou a Lídia o que presenciara, atinando com um pensamento que revoava em sua mente feito um pombo:

– As almas não cabem no catálogo do abismo – afiançou.
– Os dois animais apresentados pelos ciganos, chefiados por Rudin, o *Homo abissalis* e o Tigre Albatroz, completam-se como seres do precipício.

E Lídia, pensativa, respondeu:

– O homem só se preserva pela alma. O mais é só fome de universo.

Matusalém não se enganara. Soube seis meses depois que Bilbao Rudin falecera de mal súbito enquanto dormia. O que escreve a morte não escreve a vida.

Não sei quantas vidas tem Noe Matusalém. Alguma quando sonha, outra ao amar Lídia tão intensamente, outra quando foi salvo das águas maternais como Moisés, outra pelos sustos de existir, outra pela variante de alma que não quer a morte, não a aceita. Outra tem árvore de algum céu e o murmúrio da infância. Mais a terra que resguardara no coração. E era de seu povo. Em tudo o que se estima se é bem-aventurado. Se possuía Matusalém mais de uma vida na loucura, jamais desativou seu furor e combate pelo gênero humano. Ao sair, Matusalém reparou na porta o cão Crisóstomo, que o escoltara de longe. E, ao fixá-lo, ele parecia assumir o rosto de um homem no espelho que o dono carregava. A cara do cão se refletindo dentro do homem.

Ao caminhar para casa, Matusalém pendurou o espelho junto às raízes de uma amendoeira, inclinou-se e riscou com o indicador um círculo no solo. E escreveu ali "*Lídia*", e o solo girou como uma roda, e disse a palavra, e surgiu o rumor de uma revoada de pombas. Matusalém levitou naquela palavra até o cimo da árvore e desceu, falando para o companheiro cão, certo de ser ouvido:

– A palavra é quando podemos voar!

E foi adiante, levando o espelho nas costas. Atrás de seus passos o cão crescia, como a imagem mais avultada do cão no espelho. O espelho não era o labirinto, mas sim suas várias faces que se afundavam no abismo. E ali a alma pode nos assustar, na surpresa. Onde são perenes e insones as imagens. Capazes de esconder, em suas dobras, a história. Ou é uma interjeição que corre sobre a sombra branca. Ou mais. Um ser que representa até rachar.

Ao chegar, Lídia lhe contou o sonho que teve. Era aventuroso. Na sala, apareceu-lhe um belo e potente cavalo, muito branco, resplandecente, fitando-a com olhos inocentes. Sobre o seu lombo, devagar, uma águia, vinda de onde não sabia, pousou. E na linguagem do sonho, como na humana, tudo significa algo que em si mesmo, ao não ser, acaba sendo. Porque nenhum dos nossos sonhos é terminado. O que declina deles é uma realidade que se formou no invisível, ou se encantou na casca, até com luz, de repente, rebentar. Não precisa de nome, como as coisas que sem ele nos afrontam. Ao não ter nome, o sonho se torna mais geral, da própria espécie, sem adjetivos ou pronomes a compensá-lo. E revela o inconsciente que nos lê bem ali no íntimo, entre os arcanos. A linguagem não é apenas uma paixão com pegadas de alma. É uma alma que não se traduz, a não ser pelo definitivo. Com regiões obscuras, onde não cega, ilumina. O terrestre que se liga ao divino. Ou um limite de consciência que se deslimita. Não havendo apatia no delírio, por saberem Matusalém e Lídia arrastar com recato a imaginação. A sabedoria não contraria a esperança. Nem ela, ao ser medida, recebe golpes de misericórdia. Nem por decreto se estabelece, como a bainha que abotoa a espada. Nem se baldam anos, no aumentar da memória. Essa se detinha, fortalecida. E tamanha era sua amplidão que Lídia escutou, na quietude, seu marido confessar o que não diria a nenhuma outra pessoa, por cautela:

– Eu não estou nunca sozinho e, não sei por que cargas d'água ou harmonia, levo comigo a obstinada condição humana!

Outra vez, reiterou a mesma fala quando imitou sem querer o personagem de Victor Hugo que, ao ver um homem ser esmagado pela carroça, tomou sobre os poderosos ombros seu madeirame e a virou para o outro lado, a fim de que a vítima escapasse ilesa. Era o sapateiro Adolfo, pequeno e muito débil, com barbicha negra que cercava a boca, voz quase extinta de terror e sapatos desmanchados pelas rodas, tendo o dono da carroça perdido o controle, vexado. Adolfo não sabia como agradecer à força descomunal de Matusalém e apenas o abraçou, contente. Lídia, que assistiu a tudo, escutou do marido, quase cochichando:

– Sou um defensor da condição humana, sou muitos em mim, é isso que me faz ter tantos fôlegos e voltas. Não termino o céu de minhas palavras.

Depois, Matusalém não perdeu de vista os cílios dos olhos da brisa que se abrigavam na floresta. Ou como desejava habitar as pedras e flores, sob o nome de sua cidade. Ou se encolher igual a uma criança no jubiloso buraco da alma. E, em recinto interior, contemplar a penugem que as nuvens põem nas asas dos pássaros, unindo-se à impassível liberdade, que é lacre do que permanece. Por ser ave de amor, trazendo folha de vide no bico. Com a sabedoria que só a alma obtém do corpo. Ou talvez se resuma em não trepidar no impossível. Ou, bem menos, sem o ciscar da cobiça. Sim, toda a sabedoria não passa de um par de sonhos. Ou um par de andorinhas dentro do sonho. Apenas no sonho as andorinhas fazem verão. E com o ar de verão é que brotam os figos e as vides. Mesmo que a tesoura da aurora insista em cortar o azul bambu das flautas, o que escreve a vida não escreve a morte. E os homens valem mais do que as ideias e as doutrinas. O que escreve a vida não escreve a morte. E um hectare de ervas ou de hortaliças não há de pesar mais do que um hectare de filosofia.

Ó ancestralidade da condição humana! Quando os mortos encobrem os vivos, ou não sabem o que fazer com eles. A tutoria do tempo, ao avesso do arado que move o boi. A tutoria da noite que move os astros e empurra o tempo, o quinhão do tempo na força de inchar a luz e o pampa que não obedece ao tempo, não obedece ao envelhecer dos homens, carrega o sol nas ventas. O amor atrasa o tempo, cria o acontecer do coração. E Matusalém mais Lídia se aconteciam. Passaram na cozinha, onde gorjeava o relógio da parede, sentaram no quarto contra a férrea claridade da janela. O silêncio tinha olhos. E, plácido, o casal se reconhecia de alma, quando o pensamento é sem lugar. O braço de Matusalém ocupava espaço, leve, deitando junto ao ombro da companheira. Nem reparava nas enormes orelhas que o tempo cerzia no espelho. A conversa começou com Lídia, curiosa, amiudando causas como se catasse vagens no avental. Também porque as mulheres são mais perguntadeiras. E o tempo vai caindo em cima de nadas. Ou perdeu o instinto de cair. Ou se molharam pássaros no grisalho mel daquela tarde. E ela disse:

– O fato de estarmos unidos exige alguma razão?
– O amor não precisa de razão alguma.
– E o que se gasta?
– A roda da velha sina.
– Por quê?
– O amor gera calos no andar.
– Então do que carece o amor?
– De nuvens dentro.

Ó ancestralidade do cão dentro do homem e do homem no cão! Crisóstomo derramado no chão como um comprido pêssego tombado da árvore, com focinho, lombo e patas que se enrodilhavam na selva do sono, ávido, tendo a velocidade do sonho que elimina as distâncias, farejava as nuvens do firmamento inteiro.

CAPÍTULO SEXTO
De como Noe Matusalém foi marcado pelo nascimento. E o cão escudeiro, Crisóstomo, não quis transmitir a um filhote o legado da miséria. A surpreendente cura de Lucília.

Matusalém tinha a certeza de que é o céu que sustenta a terra e de que o universo contém alma e se move em círculo. Daí o segredo que o aliava à palavra avisada. Ao traçar o círculo, a alma que se move em torno do centro, Deus, empurra de amor as coisas que O circundam. Ao ser escrita a palavra, nada lhe resiste, sendo capaz de elevar um ser aos pássaros e aos astros no desejo de unir-se a Ele. Se o cão Crisóstomo presenciou o levitante voo do dono, Matusalém o manteve escondido, por ora, do conhecimento de Lídia. Ou quanto o universo vai em busca da alma, em círculo. E o nosso poder no sopro da palavra alcança todas as esferas. Há uma potência oculta, à espera de ser desencadeada.

O que Lídia percebeu, na medida em que vivia com Matusalém, é que, desde que foi retirado do ventre morto de sua mãe, mostrava uma avidez de ver, insuspeitada. Ao cindirem seu umbigo, a cabeça queria examinar o mundo lá fora. E era tão intenso o seu contemplar que a mão da parteira tremia, a mesa tremia, até o armário com a louça tremia. O jarro cheio de água no banco, como se energizado, caiu e quebrou. E a parteira exclamou:

— A dor tem luz própria!

Matusalém trazia a dor do ventre inchado e defunto de sua mãe. Decerto há uma estirpe que carece de entrar na terra para ter autoridade depois de morar sobre ela. Assim, a mãe de Matusalém foi a semente, mais tarde tia Marilda. Alguns viram brotar palavras de onde as enterraram como cogumelos. Jamais se soube suficientemente a medida em que Matusalém era amigo de alguém, mas uma coisa era verdadeira: seu amor à terra. Talvez obsessão, talvez trauma. Levava em pequeno estojo – de vez em quando –, no bolso da calça, uns torrões do solo onde sua mãe e tia sumiram. Era como se as conduzisse junto a si, em sigilo. Dizia:

– O futuro é com a terra! E a reação nos surpreende. Porque a terra não tem futuro algum, só terra.

E, se alguém zombasse, Matusalém se irava. Como se tocassem em alfabeto de alma. Esse ritual de levar terra diminuiu com a presença de Lídia, que certa ocasião lhe aconselhou:

– Matusalém, não precisas transportá-la para saber que um dia nos cobrirá. Vive-se melhor esquecendo de morrer!

Mas o que nem Lídia notou é que a terra que ele transportava não era de morte, mas de vida. E para a frente. Os anos não se medem com a duração. O que se espera é das palavras e do que se vai vivendo. Com tal apreço e fortuna, a morte se aniquilou, ou se aborreceu, para nunca mais nascer.

Alguns são marcados pelo sonho, outros pela ambição. Matusalém foi marcado pelo nascimento. E, diga-se a seu favor, foi também arado pelo amor, que lhe amainou a macia relva do coração. Essa herança ele trazia na pele, afirmando:

– A terra não me basta. Só o céu me aperfeiçoa. E o céu deve ter terra dentro.

Tem, dentro do susto, terra? Mas o que o susto não malogrou a morte malogrou. Matusalém tinha o sulco de não morrer. Eu vos conto. Matusalém, pela primeira e única vez, na festa de aniversário de Joaquim Benites, o dono da padaria na avenida Central, cinquentão, magro, gentil, sincero, olhos castanhos e enérgicos, reluziam as orelhas como bordas de uma sopeira. Girava uma bengala, por claudicar numa das pernas, girava. E, entre tantos convivas na fartura, Matusalém tomou goles a mais de vinho francês e, nada afeito a ele, avantajou-se nas ideias, coercitivo. Crisóstomo se debruçara lá fora, à espera, sobre uma pedra musgosa que orlava o riacho Nuvem da Fonte, distando da casa de Benites uns trinta metros, se muito. Ladrou ao vislumbrar alguns patos selvagens e o pio de pardais que respingavam das macegas. E viu quando o dono, trepidando nos passos, cambaio, tonteado, de pálpebras quase cerradas, foi na direção do riacho, cambaleante. Seguiu atrás. Ao cair Matusalém na água, de testa para baixo, cabeceando à direita e à esquerda, Crisóstomo se jogou inteiro e foi, com avisados dentes, empuxando pela camisa e pela calça de brim o dono, empurrando o seu mundo, quando a lua não boiava e lúcido, lúcido era o cão. Não se arredou senão depois de ajeitar o querido amo de rosto para cima. Roncando na margem. O cachorro então foi, de orelhas e focinho tremulantes, até a porta entreaberta e os convivas gesticulando, ruidosos. E latiu, latiu, ganiu, chamando a atenção de alguns dos presentes, que se deram conta de um homem tombado e, num átimo, levantaram-no, e Matusalém se recobrou daquele torpor. Num momento, o riacho não tinha na água alma.

E que alma se ajusta com seu chuvisco às coisas?

Ou que coisas romariavam no subúrbio da alma? O mistério se regalava embrulhado de neblina e era tal que parecia desenterrar o princípio do mundo. E Matusalém se vexava de ver o entupimento das artérias da criação. Mesmo no engasgo se alumiava, inspirado, certo de que tudo carecia de se encantar. Ou talvez nem isso, bastando espiar com o clarão o bater duma palavra noutra. E pronto! O que é do clarão é de Deus. Além disso, Matusalém não desejava limpar demasiadamente as coisas.

– Tudo cria húmus – observou. – E as coisas se limpam sozinhas. E nós voltamos a elas, voltamos ao fundo.

Quando assim declarava, seu vizinho dava uma risada curta. Matusalém ria junto. Rir não deixa de ser uma ponta de alma. Enquanto o cão Crisóstomo, deitado no tapete, sonhava com o paraíso. Mas a sensação de propriedade era dele, e não da autoridade do amo. E o viu, com o nome inscrito numa larga pedra, entre os que foram escolhidos como beneméritos ou bem-aventurados pelos próprios cães. O reino se estendia por fontes e prados, com pródigo jardim, entre lírios. Era também um paraíso privativo de pássaros e outros seres, sobre os quais Crisóstomo silenciou na retina, por não ter condições de exprimir ou divisar no empório vasto. Todos ali estavam em estado animal de santidade. E ele se alegrava porque ali seria seu durável lugar. Adiante, vislumbrou como se mostrava castigada a injustiça contra bichos em geral, sobretudo os cachorros de raça e os rafeiros, sem distinção. Perceptível era a isca sendo engolida, e os culpados se assemelhavam a atuns, de boca grande, arquejando num balde. Admitia que o terrestre possuía mescla divina. O sol subira sobre as maçãs nas árvores e, em vez de as maçãs caírem, era o sol que ia caindo das maçãs. Ali nada o amedrontava, por haver o capricho da natureza, não da história que desatina os humanos. E, mais imponentes do que estes, os cães eram não caniços, mas vides pensantes, com quatro pés e o sacro dom de latir, dado apenas a alguns, que pertenciam à raça do amo. A ele não se precisou ensinar, entendia nos olhos. E mais soube. Havia num recanto, à espera, edificantes ossos para cronometrar a fome ou enterrar com as patas. E, além, a frondosa donzelice ou femeza de belas cachorras, que aos amorios atiçavam. Noutro plano, contemplou, siderado, espécies de animais, todas alinhadas perto de um aprazível lago, tendo atrás uma montanha de neve. Entre as espécies, os cães foram declarados, por uma voz que vinha do alto, como dedicados, benditos, dignos, como raros homens, ou mais do que se move e respira na terra. Ressoando o princípio, vigorante naquele lugar, de que o cão é o pai do homem, que Crisóstomo mal entendeu. Jamais aquele sono haveria de cair duas vezes no mesmo sonho. Ao acordar, a beatífica mão de Matusalém afagava a cabeça de Crisóstomo, que tinha a impressão de não ter ainda voltado da paragem do sonho. Mas tácito, comovido, voltara. Com o amor voraz, voraz e definitivo.

Vale relatar, mesmo que os leitores tão gentilmente não perguntem, a existência ou não de uma companheira na vida de Crisóstomo. Tal ideia não chegou a ser fixa, mas tamborilou, sim, na cabeça do cão, sem nenhum complexo, ao visionar as esplêndidas e augustas cachorras aparecidas no sonho. É verdade que só amou o dono, com canina lealdade e presteza, mas teve namoricos de verão, acessos com certo entusiasmo pela formosa e solteira cachorra da vizinhança, Clementina. Era mandona e ciumenta. Com ganas de se afamiliar, ficar prenhe e rodeada de filhotes. E tanto que, diante de Crisóstomo, aturdido, focinhava a terra, focinhava a terra, como se pedisse em atormentado escavar o advento de um rebento. Ou embalava o que ainda não brotara. Essa obstinação dela afastou Crisóstomo, ainda que seduzido por seus prazenteiros encantos. Quando exigiu do cordial cortejador uma decisão, sentiu-o assustado com a gravidade do compromisso, tão liberto que era, ambicioso de seus canônicos espaços de cão tão pouco capitalista. Também por temperamento. Viu-se amuado diante de tamanha seriedade, impelido para fora. Considerou serem as razões sérias de Clementina um direito a respeitar. E sem remorso, que é retardo de consciência, não vacilou. Por não ser galanteio a mais, mas prego fincado em sua plausível responsabilidade. Continuariam amigos e se dariam – foi o que propôs – um tempo. A escada era resvalosa e não tinha como se ascender em seus degraus voluptuosos. A curta ponte fora cortada, sem aterradoras pendências. Por índole, desfez-se dos efeitos de uma relação que tendia a ser intolerável. Ou era um embate sem triunfo, sem medalhas, com a boca no coração. Isso molestava. Longe da vista, longe da atribulada alma. E o conclusivo motivo, o maior deles. Não queria ter filhos nem transmitir a nenhuma criatura o porfioso legado de sua miséria.

Matusalém foi dar água a Crisóstomo, cuidava de que na tigela não faltasse nunca a mais pura água. Fora, os silvos da rua e, na janela, o céu se exibia com suas esquinas de astros. Crisóstomo, de vez em quando, deixava de beber e erguia, como ele, a fronte para as estrelas e o curral do deslizante firmamento, onde bois levam de arrasto, no trote, a carreta da Via Láctea sobre a roda dos cometas. O cão roçava a cabeça peluda contra o peito de Matusalém, cauteloso para não magoá-lo. É de se testificar a ponderação suspicaz de Crisóstomo, sua arte de não solfejar amarguras ao não permitir que lhe viesse nem sequer a lembrança de Clementina, considerando o assunto página virada. Nem página: sonho virado do avesso e posto num envelope de nadas. Mais ainda quando, de seu ganido, o rocio saía. Ou era a distraída química que vai deformando, dissolvendo as essências preconceituosas da sociedade e do tempo. Ou talvez fosse aludido o *Eclesiastes*, já que debaixo do Sol nem tudo são vaidades. As vaidades se desplumam com as famas e loterias da imaginação. Mas Crisóstomo latia, latia, confiado no que escapava do terrenal naufrágio.

Se é lícito a um cão aspirar à santidade, ou ser considerado a pessoa mais cândida de Pedra das Flores, esse seria Crisóstomo. E sem conhecer Léon Bloy, que alardeava como a mais elevada ambição a de ser santo, esse exemplar cachorro com ele afinava, sem pose e sem carecer do cilício nem da ebriante pestilência da carne.

Outra coisa. Crisóstomo nada tinha a ver com o tempo que passou ou passará. "Parece uma lebre que vai correndo", pensava, embora não simpatizasse com as lebres, por serem tão desesperadas e aflitas. O tempo para Crisóstomo era invenção dos humanos, que precisavam sempre se amparar em algo. Contentava-se com os dentes e com o dono. E o tempo não latia, como ele.

Um barulho ensurdecedor. O trem percorreu Pedra das Flores como um disparo de espingarda. O tiro do cano da locomotiva reboava, martelando a cabeça de Matusalém, assustando como um branco relâmpago, o vulto das lebres. O trem carregou na fumaça o horizonte. E calou devagar, igual a um vagão vazio. Sem máquina.

Em Pedra das Flores trabalhava Benjamin, de vista turva e febre. Era violeiro e espantava pela fraqueza nas pernas. Encovada barba, cabelos fartos a tapar as orelhas que deformavam sua aparência. Seu amigo Arcanjo Murim segurou-se na porta.

— Benjamin, bom dia!
— É você, Arcanjo? — ressoou com voz álgida, esmaecida.
— Josué, o padeiro, me contou sobre sua doença.
Benjamin se esforçou para sussurrar:
— Estou de estribo. Não sei se resisto.
— Vai ficar bem, sim!
— A doença é ruim — disse, balançando a testa.
O outro mudou logo de assunto:
— Encontrei o Matusalém. Parece cada vez mais forte. Fala pouco sobre o fim do mundo, achou seu amor e, se teimar, ficará de semente.

Sorrindo cauteloso, Benjamin permitiu que seu visitante gastasse bem mais palavras. Tinha a face inclinada para o além, como se lhe tivesse secado o último vocábulo. Espichando o corpo, gemendo se apagou. Arcanjo nem viu, se foi num hiato. A morte não aprendeu jamais a discutir.

Matusalém, ouve o que te digo. Alto aí! As formigas correm ao mel e as aves ao seu bando. Mas remendar a sorte não é coisa tua, é das Parcas. Não remendes nem a ti nem aos teus sonhos. A agulha merece linha bem ajustada ao molde do tempo. E a mão é voluptuosa nos dedais, com esse tear que entretece os seres. Ouve o que te digo, que não aprecias escutar! Os dedos, Matusalém, regem os fios, mas a máquina que governa as Parcas se coordena nas celestiais esferas. E o homem é animal indefeso diante da felicidade.

Lucília, mulher de um comerciante de tecidos, vizinha e amiga de Lídia, residente a poucos metros, carregava a dor nos ossos das pernas. E tanto padecia que mais horas ganhava em dormir do que em sofrer. O sono era esquecimento e alívio.

Matusalém soube e foi para perto da enferma, ao lado de Lídia, visando ajudá-la. Mesmo que sua esposa não adivinhasse no que haveria de ajudar. O que requeria poder. Junto ao seu leito, fez o círculo diante dos olhos espantados no assoalho do quarto, com a mão, dizendo e determinando a palavra. E se deu o inesperado. O círculo girou e subiu para as alturas, rodando, e Lucília se ergueu e não sentiu mais dor nenhuma. A palavra se colou nos ossos, e os ossos se colaram na palavra. Lídia nunca vira antes esse sortilégio e sorriu, desajeitada. E passou a saber sobre a palavra, a mesma que gerou as estrelas, as nebulosas e o mais elevado reduto das sidéreas esferas. Riscar o chão é riscar a alma, riscando o longo rio da infância. Tal fato se propagou na cidade, como mágica proeza de salvação e cura. E, se alguém elogiasse Matusalém por esse adventício dom, ele respondia:

– Não é meu, é da palavra. Deus pode usar as pedras, se lhe aprouver. Sendo eu mais do que as pedras, por que não me usaria?

A perversidade humana não possuía fundo. Nem a infâmia. Mas o que mais preocupou Matusalém, a partir de alguns dias depois do acontecimento na casa de Lucília, era a calma suspeitosa em Pedra das Flores, a aparente legalidade ou paz garantida, por onde enveredam crimes e atropelos. Ou o desmonte subterrâneo dos seres. Intuindo as lacunas do mal nas hostes do poder. E nada fazia prever os acontecidos que se deram naquela primavera. Alguns os considerariam inverossímeis. Mas o que é a verossimilhança senão a verdade que despontou? Ou a verdade, que é autista, embriagada como pérola na ostra. O que acontece é um grau a mais do que já aconteceu, do que se forjava nos meandros da combalida história. E talvez escape aos historiadores ou, se não, sobre eles assume autoridade e relevo. Os historiadores são rastreadores de pegadas, e estas definem o caminho. Se a narrativa não mente, o que mente são as brechas da memória. Assim, mesmo a luz costuma transbordar de suas frestas. Essas têm as propriedades de conversar com as pedras, vergar a luz disforme, dar surdeira aos monólogos do medo, onde algum morto espia a contradição dos vivos. Ou se exaure da falta de imaginação dos mortos. Mas o que narra sabe tudo: ficará sabendo na medida em que as coisas sucederem. E o que arrasta como limalha a ferrosa água-furtada do futuro. Com os mitos que emergem como ervas. O que multiplicar, se somos descuidados de gozar, como se imortais fôssemos? Mas o que é imortal, no pensamento de Matusalém, os historiadores não intuem, por ser nada terminado. Nem a memória, nem os sonhos da memória. Nada é terminado, e nenhum bem grande e louvável tem paladar de ignorância. O amor se define renovando-se. E palavras postas na luz incham e no silêncio levitam. O coice do real nos despeja como a fumaça ao fogo. E o coice da madrugada nos atira para dentro da aurora. No cochilo do universo, caberá algum teclado de espaço ao puro nada? O clarão é de Deus, que gira tudo em tudo. Com o Sol, a Lua, os planetas e as estrelas, que, sem cessar, pelos séculos O servem.

CAPÍTULO SÉTIMO
De como se viu, com a morte estranha dos pombos, o temor de um vírus. Matusalém avistou a invasão de homens pombos com rostos de parentes e percebeu quanto a loucura não cansa.

Era novembro, e Matusalém, ao passear despreocupado pela avenida Petrópolis, de sua predileção, sem esquecer a companhia inseparável do cão Crisóstomo, com quem conversava na intimidade, que os cinamomos e sua sombra podiam testemunhar, sentado em uma pequena murada, viu o copo do céu de límpido azul e o copo do ar em torno, e nada parecia diferente naquela transparência quase líquida. E, súbito, num ruído, vislumbrou no chão uma pomba morta. Caminhou um pouco e viu outras e outras dispersas na calçada. Nelas não percebeu a causa letal. "É uma loucura!", pensou. E, pelo relato de inúmeros habitantes, Pedra das Flores estava juncada de pombas mortas. Averiguou e não havia sido atingido pela calamidade nenhum macho. Eram pombas que deslizavam do alto para o solo, inermes. Ou eram céus que deslizavam das pombas. "A loucura não cansa?", indagou. "Não, a loucura não cansa nunca."

A notícia infausta se alastrou, aparecendo em letras garrafais no *Diário das Flores*, com a assinatura de Ediburgo Nonato, jornalista e defensor da sociedade dos animais. E todos temeram o vírus abominável ou as pragas que devastavam as aves. Todos desejavam saber a origem, e nem os médicos, nem o cientista Frederico Gusmán, com olhos de coelho, onde a cabeça avultada era a toca, desvendaram o enigma. Menos ainda esse, metido em seu laboratório, examinando a asa de uma ave que tombara, junto ao plasma, nutrido de raízes, que haveria de ser utilizado em certas enfermidades do fígado e do intestino.

Não, essa loucura não se cansava, pairando sobre a pele da cidade. Era uma chaga oculta.

Matusalém e o povo abriam buracos no chão e sepultavam as pombas, já que os urubus nos telhados espiavam, sôfregos. Até não haver mais morte, possivelmente pelo extermínio da espécie na região.

"Como a loucura há de cansar? Inexiste censura plausível para a morte." E ninguém, como Matusalém, desde o ventre, a conhecia, prevendo: "Coisas outras se preparam! A loucura não cansa jamais".

Era um sexto sentido, um hausto de profecia que surgia, em ondas, de seu espírito?

Lídia achava que não – era um acaso. O que Matusalém, afetuosamente, refutou:

– Não existe acaso nos olhos do tempo.

Ou melhor, como Matusalém leu no *Livro das vidências*, de Longinus: "O acaso se inventa". Nem só isso. Foi um volume que ele digeriu, entre os dentes, com animosa volúpia, absorvendo os aforismos, que ele amava. Mas ler mesmo, na profundidade, com a mente e o estômago, é uma prolongada e esgotante aprendição.

Veio a surpresa, mais denunciadora de iminente perigo, ou desataviado mistério.

Os habitantes passaram a ver transitarem nas ruas homens com rostos de pombos. Ao ser vistos, voavam. O que ocasionou dúvida, perplexidade, temor. E, o mais estranho, alguns desses rostos eram as feições de parentes ou amigos desaparecidos.

Os que os contemplaram defendiam com pés juntos a visão aterradora, outros não acreditavam. Outros, ainda, os imprevidentes, inventaram serem eles almas dos pombos que começaram a ser humanos.

Matusalém e os viventes de Pedra das Flores se apossavam dos acontecidos com certo susto. Mas, não havendo explicação para a morte das aves, que era visível e palpável, como justificar os homens-pombos, quase invisíveis, aparecendo somente para os privilegiados?

Matusalém, num encontro casual com seus antigos mestres, Belgrano e Silvana, discutiu os acontecimentos. Para Belgrano, algo superior se formava, tendo a participação decisiva da natureza. O sobrenatural não passava de um instante de desequilíbrio da matéria. Silvana cogitava outro motivo. Alegava que o sobrenatural vinha como advertência da potestade, um sinete, já que tudo preexistia nos arcanos.

Isso, aliás, reforçou a tese de Matusalém, que arredada retornou, sobre a proximidade do fim do mundo. Aceitava o que sucedia como prenúncio de um fato maior e inexorável. "Tudo é sinal!", observou, severo. E, se alguém perguntava o que era, respondia:

– Não sou eu que devo identificar, são as coisas que virão.

– Ademais, o assombro não carece de história. Surge sem aviso. Pois a loucura não consegue cansar, mesmo que o deseje – acrescentou, como atiçado pelas próprias palavras. – Não são elas, porventura, que puxam o pensamento? E não são os pensamentos que puxam as palavras?

E foi num daqueles dias que Matusalém, com seus grandes olhos, apanhou o flagrante de um homem-pombo saltando da árvore. Trazia os traços do semblante de seu finado pai, de acordo com o que tia Marilda um dia lhe descrevera. Viu tal homem correr velozmente diante dele e sumir. Matusalém quis dialogar e não teve resposta.

Mas houve um momento, a seguir, mais pacificado. Os homens-pombos se instalaram no ar, junto ao prédio governamental, buscando o mais propício convívio com os demais seres da humana estirpe. E muitas famílias, ao ver neles rostos conhecidos e afeiçoáveis, os adotaram, dando alimento e pousada. Mas o que eles falavam ninguém entendia. Era um idioma bizarro, com palavras compridas, consoantes e vogais de pedra. Mas não importava. Eram ditosos, fraternos. E não adiantava provocá-los ou zangar com eles, tão cordatos e apaziguados.

Integrados aos costumes das famílias, alguns tinham a engraçada singularidade de querer apossar-se benevolentemente do patrimônio que, a eles, era comum. Como membros de excelsa aristocracia. Ou eram simulados cobradores de certo imposto a que nenhum cidadão enunciava o fato gerador.

Mas a loucura não cansa. Quando menos se aguardava, os homens-pombos começaram a hostilizar os cidadãos, talvez fatigados pela generosidade, mostrando-se superiores, pertencentes a outra casta inacessível.

Matusalém e alguns outros da grei, por esses paradoxos, deram-se conta do que ocorreu a Platão, ao não acolher os poetas, seus iguais, na sua *República*. Não se narrando a belicosidade que outros sofreram por tamanha hospitalidade, Matusalém foi bicado no rosto exatamente pelo homem-pombo com quem se desvelara por ter a fisionomia tão próxima à de seu progenitor. Como era consabido, Matusalém não aceitou, não aceitaria jamais. Investiu contra ele com sua faca (que adormecia no fundo da gaveta e que casualmente levava) e apunhalou o agressor, que escapou, sangrando. Talvez tenha tombado no mar que absorve todas as complacências humanas. Lídia assistiu, penalizada. E abraçou Matusalém, entendendo. Amar é entender com os sonhos. E aquele era um pesadelo.

Assim, os demais homens-pombos, irados, foram sendo expulsos de Pedra das Flores, desaparecendo em voo pela floresta, onde provavelmente foram se homiziar. Um deles não se esquivou da certeira mordida do cão Crisóstomo. O que parecia ter seu inadiável rosto. E ele não admitia. Ninguém mais ouviu falar deles. Tendo aprendido que a nossa condição não se rende a nenhuma aparente superioridade, seja a dos maus, seja a dos bichos, e nem mesmo à soberba dos homens-aves. E que reputação sobrevive a tantos desavisos do destino? Mas parece que as coisas precisam dar a volta completa em si próprias para o pleno conhecimento. Como se o seu casulo apenas se revelasse ao parir o ovo da discordância. Ou nenhum. E talvez a volta no paraíso, por um dia, para nos salvar da seriedade. Ou às vezes pode ser o acontecimento igual à doença terrível de não conhecer o sabor das ameixas. Falei antes que o homem-pombo que atacou Matusalém já devia ter mergulhado no espumoso oceano. Mas não foi assim. Quando menos aguardava qualquer investida, vagante num corredor, entre moradas, na sua cidade, retornou aquele ser raivoso e volátil e se arremeteu contra as costas de Matusalém. Ora, estas eram uma muralha, e ele se deu mal, perdendo a direção, chocando-se na parede de tijolos de uma casa, derramando-se no chão, com desespero. E ali bateu as finais asas. Morto, ele era mais real do que vivendo. Matusalém saiu ileso e o tal pássaro-homem foi jogado debaixo da terra, com o peso todo de trevas em cima. Sem a possibilidade da marítima água, que guardava rostos, ao possuir espelhos.

Tal fato demonstrou cabalmente que a loucura não cansa, ou quanto aqueles visitantes se mostraram cordiais, sendo, após, nefastamente vingativos. E a cortesia de antes foi alvo de repentina ferocidade. Com mudança tão brusca e desusada que pôs temor em todos os moradores. Porque a loucura não cansa e não há como explicá-la.

É verdade que Matusalém tinha uma memória dada ao esquecimento e nunca imaginou ser chama de vela alguma, para que não tentasse apagar-se. Ninguém sabe verdadeiramente quem é, são os outros que podem atestar se é legítima tal identidade. E sói acontecer que, após sermos tantas coisas, não saibamos absolutamente quem somos. Porque veem em nós uma versão, não a realidade. E Matusalém não esperava julgamento diferente. Ou então deve ser como em *Alice através do espelho*: "Se você acreditar em mim, acreditarei em você. Negócio fechado?". Ou mais apropriado seria interromper essa sequência de fatos com alguns instantes de adotivo silêncio, atentos leitores. E, sobre o porvir, há coisas que podemos saber e outras nem tanto. Mas não havia pergunta nem resposta diante do que simplesmente acontecia. Caminhando com os sapatos das idades. Ou como uma chuva renitente no telhado. Não se vive no amarrado, vive-se de ter pernas na aragem. Ou de, ao fechar a mão, pegar a força toda do sol sobre a palma. Mesmo que queime. E o que fica é porque se abrasou.

CAPÍTULO OITAVO
A perniciosa invasão dos ratos. Aqueles que os acolhiam pareciam-se com eles. Queriam penetrar nas mentes, e o sossego da consciência não garantia nem impedia o avanço sobre ela.

Foi o pároco de uma igreja de Pedra das Flores, padre Joaquim Flandres, ao caminhar em uma alameda tranquila com seu companheiro de caçadas, o pastor evangélico Florindo Bentes, que tropeçou com sapatos distraídos num rato gordo e morto sobre a laje. Estranharam tal aparição. Mais tarde, Miguel Hernandes, natural de Salamanca, professor de espanhol do Colégio Principal, viu dirigir-se a uma das salas do prédio um rato proeminente que ali parou, agonizando. E muitos ratos surgiram pelas casas. Não se sabia o porquê desse acontecimento. O que se sabe do que acomete nossa transição humana?

E, num processo impelido por ignorados fatores, outros ratos se abrigaram nas residências, ali se instalando com imponência quase imperial. Os mais vivos se intrometeram nos recintos dos lares, com olhos insaciáveis; outros assim agiam e, no limiar, tombavam como se esvaídos de inusitado estupor. Alguns ratos foram subindo pelos encanamentos ou pelas fossas. Outros endureceram nas salas, nos quartos, deitados de barriga para cima. Outros, ainda, no meio de algum gesto de ataque interrompido, desabaram das escadas. E alguns habitantes mais sensatos penduraram em prateleiras trajes e sapatos para não ser roídos.

Jotão, o moleiro, sofria de furor ebúrneo diante dos ratos. Talvez os quisesse morder antes de ser mordido. Cabeça grande, olhos negros, catava-os onde pudesse. Principalmente nos bueiros ou no meio da úmida grama. Escapuliam-lhe, avessos. Talvez fosse ele o único cristão que os ratos não molestavam e temiam. O que não disse é que Jotão tinha os dentes agudos.

É verdade que muitos acharão naturais tais fatos, outros injustificáveis, quando nem a fantasia conseguia formulá-los. O governo deu nota oficial prometendo a competente abertura de sindicância por essas aberrações da saúde pública, suscitando medidas que jamais seriam postas em prática. Porque os ratos não respeitaram o palácio governamental, entrando e saindo de festas oficiais ou das cerimônias mais restritas.

O jornal *Diário das Flores* deixou por um período de circular, ao descobrir ratos nas máquinas impressoras e a roer os grandes rolos de papel, prontos para a editoração.

Como cada dia tem seu relato, e uma sílaba ou palavra carece de estofo, os habitantes da cidade não terminavam de pensar, ou de apenas temer, tendo cada vez mais cautela. Ou medo. Admitindo que a questão se tornara sobrenatural, e o sobrenatural não possui pose alguma.

Os habitantes que os acolhiam, em boa hospedagem, corriam o risco de ficar parecidos com eles. Aliás, os ratos nunca trabalharam tanto antes como naquele pestilento mês, que se perdeu nas crônicas de Pedra das Flores. Assim, o risco e a miséria desses nefastos bichos ousavam afrontar os homens, e esses nem se apercebiam do que se desenhava nos bastidores de tais avanços e inoportunas mortes.

José Carranca, lavrador de uma fazenda no interior do município, de perfil rude, abruptos braços e tronco, fala enérgica, juntou numa carroça as ratazanas que jaziam nas ruas e em algumas casas, sulcou a lavoura de tomates, num cívico buraco, enterrando-as na fundura, como valioso esterco, afirmando:

– A terra purifica tudo!

Nem sequer se sonhava como tal variedade de ratos surgia nos lugares mais recônditos. Reproduziam-se nas plantações e nas eiras, junto à área rural, servindo até de pretexto para a maior equidade social, o que os patrões mais arcaicos nem supunham. Alguns ratos mais fanáticos comeram os contratos de arrendamento nas gavetas da casa-grande, que eram sumamente draconianos a ponto de sujeitar os arrendatários a um jugo de preço insustentável. E aproveitaram estes a sólida dentuça proletária para uma situação de exata igualdade nos lucros. E a pungente história do latifúndio foi marcada pelos roedores de forma indelével. Ainda mais com os defuntos corpos do que com os vivos. Seguindo o exemplo de José Carranca, o elétrico, pequeno e impetuoso Manuel Godinho encerrou num caminhão longa e apinhada fila de ratazanas numa cova que mandou escavar por debaixo do canavial e dos campos de flores, com rosas escolhidas, mergulhando-a, após, na profundeza e encobrindo-a com torrões e arrobas de tenro solo, repetindo:

– A terra purifica tudo! – E com certa ironia: – Eles agora comerão a terra.

Os ratos queriam entrar nas consciências, ainda que não estivessem à venda nem por preços exorbitantes. Se estavam em boa conservação, mais as cobiçavam. E as rodeavam, esperando que algum dono as abandonasse, para utilizá-las na oficiosa roedura.

E surgiu a notícia de um ciumento marido que, ao achar sua mulher despida na cama do lar, com um respeitável representante de Pedra das Flores no Senado, lavou a honra assassinando, desesperado, a golpes de faca, o patriótico sedutor. Consta que os ratos atacaram com tal denodo o homicida, mordendo-o nas pernas e no peito, que ele escapou dali com focinho, pelos e patas, guinchando.

Apesar de haver ainda alguns maridos ultrajados e pais da pátria em amor tão distraído, o exemplo da tragédia apaziguou os ânimos. Tudo era um caso de conduta. Um gesto aparentemente inofensivo podia conduzir o cidadão à fama ou à ignomínia, como se a execução de tempo tivesse a maxilar influência dos mais impetuosos roedores. Por engano, os patifes podiam ser heróis. E a mentira sutilmente organizada se disseminou entre o povo: segundo alguns, era a maneira de a vida na República tornar-se suportável.

Há que narrar ainda que, sendo fato reconhecível o de que os ratos não reverenciam leis, alguns decretos grossos e copiosos da administração pública não foram poupados em sua intratável fome.

Um dos munícipes, o abastado Ernesto Máximo, vaidoso no vestir, prevenindo a elegância em garbosos ternos, confessou a Matusalém que os ratos fizeram o que homens e funcionários não tiveram a perícia e a coragem de fazer.

Matusalém atinou, então, o que não concebia, como a loucura pode criar a ordem e o ardor de imprevista justiça. Depois olhou as nuvens altas e era como se quisesse meter o franzido nariz no céu. Mas viu que era homem e não possuía asas. E deixara a palavra encolhida em seu coração, como uma concha.

Depois de nada resultar das providências do governo, depois dos acontecimentos desaventurados, com os ratos se amontoando na República, falou para Lídia, com alguma perturbação:

– O que está acontecendo não é sozinho. Algo mais se acelera, não sei o quê. Tudo é símbolo de outro e outro. E se verifica que não há lucidez na loucura.

Lídia, de silêncio em silêncio, concordava. Tinha os olhos para dentro. E as mãos muito brancas, acostumadas à harpa.

E o que se constata, leitores, é que nem o aparecimento dos pombos nem o dos ratos se comunicavam entre si. E como todos os eventos eram cercados de mal-entendidos. Poder-se-iam averiguar os efeitos, não as causas.

O que se evidencia cada vez mais é uma realidade asmática, arbitrária e grotesca. E os humanos frequentemente são mais estúpidos e grotescos do que os animais. Mas, sobre o que sobrevinha, Matusalém não falhara. Tinha intuição definitiva, como se avistasse na névoa certos andamentos do porvir. Com lentes destroçadas. Sem haver lucidez na loucura, a não ser em alguns de seus efeitos, Matusalém não descobria, era descoberto. Destapava o mistério e punha à vista o que vinha debaixo dele.

Não há lucidez nenhuma na loucura por se dissolver tudo nos seus lances. E, ao descortinar outra fase de fúria, os ratos ficaram mais perigosos. Resolveram, como se tivessem invisível chefia, surgir nos recantos ainda não atingidos, sem esquecer os porões e os sótãos. Exatamente onde a história da alma se desencadeava. Sisudos, imensos, cruéis. Permanecendo, agora, mais do que antes, objetos constantes de pavor, obrigando os cidadãos, com revólver, porretes, facas e espadas, a deles se livrar. E os ratos, obcecados em se livrar dos humanos. Sem tréguas ou limites. A lógica não funcionava contra a obstinação e perversidade desses animais que teimavam em combater e proliferar.

O pior é que alguns deles se agigantaram, bem maiores que os gatos, que eram destruídos na avalanche. E sua resistência pegajosa e abundante passou a enfraquecer a muralha do homem, gerando ofensivo e contagioso germe que investe pelas veias, chega ao coração e animaliza até os sonhos.

Sem aludir aos ratos mais obstinados que roíam os caixões nas sepulturas. Provando com seu morder virulento que os mortos se tornam mais beligerantes ainda, mais invasivos. Porque a calamidade é feita de sucessivos graus. E os graus, de sucessivos dentes.

E, como essa calamidade não parava, um habitante do interior, no seu campo, escavava buracos, depositando no fundo de cada um deles fatias de queijo e cerrando-o, cuidadoso. Quando soube do fato, Matusalém indagou o que ele estava fazendo ali.

– Escavo buracos para os ratos.

– O que quer dizer?

– Com o odor do queijo, o rato vai se inclinar, entrando no buraco.

– E por que o fecha?

– Para que os ratos que entrarem não possam mais sair.

E principiou em Pedra das Flores, nas melhores famílias, entre mancebos e velhos, dentro da insigne sociedade, uma multiplicação da maligna semente, indo pelos beirais da alma, infestando de mais escuridão os seres, nutrindo-se do acervo mais puro, o cedro de sua humanidade. Alguns já tomavam semblantes soturnos, torpes, irreconhecíveis, seja por esposas, seja por filhos. Concentravam-se minuciosamente nos rostos e os comiam, substituindo-os pelos seus, asquerosos, entre filamentos de nojo. Na proporção em que os nocivos bichos desapareciam, os homens agarravam suas singularidades, o esfomeado ódio, os avantajados dentes, o roer incessante. Mesmo o que julgavam inarredáveis os princípios de filosofar ou existir. Com o prejuízo dos depósitos de cereais, a demolição dos silos alimentares do povo, o devorar de roupas e bibliotecas. A imortalidade do saber, para os ratos, era apenas penúria humana. Não durava um ceitil de tempo nos cobiçosos dentes. Sobrava um rato dentro da imortalidade. E a imortalidade dentro de um rato.

Escandaloso foi quando, no museu da cidade, onde havia o esqueleto de um homem, apareceu apenas uma carcaça, sem se distinguir de que parte do corpo, de tão carcomida. Não se compadeceram os ratos nem de um burro empalhado, pouco restando do indormido animal. Como se estivessem sequiosos da atormentada história natural, que tanto absorveu Plínio a ponto de o Vesúvio levá-lo para as ígneas entranhas.

Os ratos não veneravam nem os mitos, com sua aposentadoria quase anônima, entre os estatutos secretos da linguagem. Um rato foi visto roendo um olímpico tutano. E nem era aplicável, para a estremecida sinecura das elites, o abrandamento das mandíbulas desses bichos, amando as minorias entupidas de poder. Talvez por inexplicável piedade, deixavam em paz o povo, vítima antiga das corrupções e dos vitupérios. Um povo que, para Voltaire, não raciocinava nem necessitava disso na algibeira de viver. Mas os ratos se dedicavam, sim, com aplaudida eloquência, mesmo que excessivamente retórica, aos senadores e deputados, convictos de que, pela verbal enxúndia, achavam carnes frouxas e deliciosas. Era previsível sua estratégia diante de inúmeros ministros de Estado, de quem generosamente retiravam as máscaras públicas e, no seu lugar, impunham os repulsivos semblantes que se enchiam de palavras dentadas nos discursos, pensamentos tortuosos e promessas a exibir o conflito entre o bolso e o bem comum. O próprio modernismo que vogava na cultura da urbe como estado de espírito era impossível de ser roído, mas coube aos despudorados animais desmontar os detritos e as luxúrias verbais de alguns ditos inovadores, rasgando com os aleivosos dentes símbolos e metáforas que pareciam jovens e eram velhos. Nisso, aliás, não usaram de parcimônia. Certos de que não conseguiam exterminar os sonhos que forravam o objeto da criação. Nem alcançavam tocar nas utopias, capas ingovernáveis da modernidade. E, apesar das dúvidas humanas a esse respeito, os ratos admiravam os livros como seres comestíveis. E davam garras à imaginação, a fim de desvendar o obscuro espécime, figadal inimigo, que era o homem. Nisso não colocavam barreiras, trincando na devoração a sua devotada metafísica. Como observou certo poeta, hoje esquecido: "Ambos tinham em comum a experiência do muro". Ou a volúpia de não aceitar o muro.

O homem precisava se defender dos ratos para não ser por eles engolido. Cada vez mais era preciso libertar-se dos ratos, tal a era de suspeita na história da República. E Matusalém se indignava. Quando os ratos tentaram arrostá-lo, afugentou-os com o punho fechado e descomunal força, esmagando-os. Se retornassem, seriam de novo destruídos. Não aceitando em sua vida nem essa sombra, nem tal investida. Na grandeza humana o rato some. E entre as calamidades parecia repetir a mesma coisa. Não era outra a atitude corajosa do cão Crisóstomo, que os repelia com manha e fúria. Punha-se perseverante no empenho de não permitir que os ratos entrassem na casa, cuidando também de Lídia. Gania voluntarioso. E Matusalém só acatava o vivo das coisas. Ao encontrar qualquer habitante invadido pelos ratos, riscava o círculo no chão e proferia a palavra. Então via o rato retroceder no homem, com a palavra girando. Os que assim achasse Matusalém vencia com a palavra, que gera luz e rechaça o malefício de não ser homem. Sendo apagável o graveto da roedora maldade. A loucura não cansa, não. Tem astúcia, mas esbarra no vivido. O homem está no que não sabe. E vai chegando ao que descobre. A hombridade não há de ser puída. Nem se gasta, roendo. E o tempo parava, calado. É a palavra que arranca os ratos do homem. Sim, os ratos foram saindo de onde estavam, foram recuando, foram para os fossos, os antros. Foram. Sumindo.

O mais terrível era quando certos ratos traziam traços similares a olhos, orelhas, caracteres físicos de descendentes, ou pais de família, por algum DNA esconso. O que impedia o repúdio que se vinculava pelo sortilégio das afinidades. Matusalém considerava isso a última escala do horror.

Mas eles acabaram, foram expulsos de Pedra das Flores, e havia uma calmaria, o senso de felicidade, com as coisas voltando ao eixo num junco de luz. A luz que é palavra, ao acender, é invencível. De uma palavra à outra, Matusalém e Lídia iam inventando muitos pássaros. E se afundavam nos milênios das almas e dos corpos. A cidade dava a impressão de ter sofrido vendaval, ou neve de muitos anos, quando os acontecidos se deram em meses. E cada um sabia bem de que lado transitavam o vento e a paz. O *Diário das Flores* reabriu o rol das notícias, agora bonançosas. Depois de doloroso extravio, continuaram a aparecer a revoada das pombas e o canto numeroso das cigarras. A sombra, antes muda, falava. E o perigo atuava mais nas constelações ou potestades do que nos arfantes enredos humanos. As Parcas não se preocupavam tanto com os seres que regiam, já que o tear era inacabado e a noite, procelosa. Inacabado também era o que levávamos na vida com usura. E o defeito da esperança, sem voragem. Na cura.

Viste, Matusalém, cidadãos ilibados serem postos na tumba, com rosto de ratos a corroê-los. Sim, viste o horror e os guinchos sob a pedra. Deus é mais exato e não se arreda de voar no branco espírito. Mantiveste o aveludado forro de terra fechado na mão, o de teus queridos. Ilustrado é o céu dos que amam. E os páramos, onde o desejo esplende, com os córregos. Esses rolam pelas beiradas da eternidade. Rolaram os passos de Crisóstomo como um raio, latindo ao reconhecer a passagem da carroça do pão. Depois desceu as orelhas, as pálpebras e a cabeça e ouviu o comando:

– Deita!

Deitou também a solitude, cavalo bom de montar, leite que não azeda. Deitou o aroma de plantas no vaso. Agora, Matusalém, com azeite de lua nos ombros, vai, vai! Que a lua bate como um relógio de passarinhos no firmamento. E o firmamento abre a sacada de Deus.

CAPÍTULO NONO
De como Matusalém, sob a chefia da governante Joana D'Alembert, arquitetou o contra-ataque aos perigosos ratos, que criavam espias e cúmplices humanos, expulsando operários e funcionários do trabalho. Um rato gigante do Serviço Secreto do Terror.

Qual a cura da sofreguidão dos seres, ou a cura da trituração dos ratos?

Anotou o padre Antônio Vieira, conhecedor dessas veleidades: "Onde entram a inveja e a ambição de lugares não há virtude nem amizade segura". E onde o bem se desvia para o ódio e a operação do mal detona a paz na abandonada alma é acionado o perigo e os ratos vêm.

Sim, quando tudo parecia acabado, na brecha desses sentimentos contraditórios, começou o retorno dos roedores. Com mais fúria. E certo estratagema.

De início, em sobreaviso, no mesmo ano, apareceu em algumas repartições de Pedra das Flores um rato gigante, de olhos pequenos e faiscantes, proveniente do Serviço Secreto do Terror. E se pôs a roer as mesas burocráticas, sentou na cadeira filosofante do poder, guinchando com a trêmula cabeça, que não se distinguia se era bicho, se era homem, tendo voz pastosa e olhar sedicioso. A seguir, empurrou as ocasionais flores para o cesto, estendendo um papel viscoso, e determinou:

– Escrevam e eu ditarei!

Depois do nome e dos dados de cada um, surgia a palavra "colaborador". Três dos funcionários visitados, os mais corajosos entre muitos, negaram-se a colocar tal vocábulo no documento.

A esses, com raiva, histericamente, o rato gigante ameaçou de morte, dizendo que se arrependeriam. E foi embora.

Os que assinaram tornaram-se cúmplices, prisioneiros de si mesmos, prontos a delatar os companheiros que não obedecessem à autoridade judicante dos roedores.

Os que recusaram a traiçoeira perfídia sofreram assídua campanha de calúnia, como se fossem eles os espias, sem possibilidade de defesa.

Sim, o inimigo do gênero humano mudou sua tática pelo envio de emissários, garantindo vigiadores prontos para os mais subalternos desígnios, nos domínios públicos ou privados.

Após, o novo passo foi a ocupação das repartições, já filiadas, com a expulsão dos funcionários de suas salas de trabalho e dos operários de suas máquinas. E de novo invadiram as casas, com duplicada violência, retirando as famílias, vítimas do medo, da força e da peste. Com numeroso grupo de habitantes na rua ou na praça, ao relento, sob o frio da noite ou ao desabrigo das intempéries, por se apoderarem os ratos dos imóveis e objetos como se lhes pertencessem. Ou como se possuíssem, ao geri-los, natural superioridade.

Alguns cidadãos repelidos para fora da habitação, aviltados, choravam constrangidos. E o que se transmitia, como senha entre eles, era o ânimo de resistir. Se arredados da varanda ou do quarto, era preciso que permanecessem junto à porta. Ou que ficassem na escada, ou na laje, ou na grama do jardim. Mantendo-se firmes até que a desolação findasse.

Os degraus eram o derradeiro respirar da liberdade. O último refúgio contra o horror. Os que eram impedidos de se exprimir com a boca levantavam gestos, como viável rebeldia. Ninguém há de roubar o que se guarda na alma.

Esses crudelíssimos inimigos ora preservavam semblantes humanos, ora arquejantes focinhos de animais. Uns guinchavam apenas com soturnidade, outros usavam a fala, até com sotaque.

– Era uma infelicidade ruidosa! – dizia Matusalém, que organizou, por conta própria, uma contraofensiva aos ratos, já que em sua casa não ousaram penetrar, também pela presença ardorosa do cão Crisóstomo, com dentes invencíveis e reputação ilibada de matador, confiando mais no focinho do que nas admonitórias pupilas.

E inevitável era o avanço dos espias das ratazanas nas câmaras do Executivo, na democrática Assembleia Nacional, corroendo os implacáveis baluartes da pátria. Chegou o tal Serviço Secreto inclusive a infestar a disciplina da tropa militar de Pedra das Flores, solertemente dividida entre ratos e homens, uns com o rosto dos outros. E foi Matusalém que parafraseou a advertência do padre Vieira: "Não basta que as coisas nos pareçam grandes, se quem as faz não é grande". O ato de invadir, ou de criar tribulações, espias, expansões de terror, mastigando bens ou deles se apossando, negrejando o espírito: tais coisas podem assustar, crescer diante de nós, mas não engrandecem, diminuem; não prosperam, cancelam, destroem e vão apequenando. Com indícios asquerosos, malévolos. O perigo tem um medo que não anda. E, se a multiplicação do mal cria a impotência, pode chegar ao ponto, no caso, de não se descriminarem ratos e vítimas, todos – ou absorvidos ou cúmplices –, todos suspeitos.

Essa regra geral possuía exceções: a dos que eram madeira de lei e não se deixaram dominar, abominando os ratos. O que fez com que a astuciosa e alerta governante, Joana D'Alembert, testemunha ocular da crise, os convocasse, por não se renderem nunca. Entre eles se achava Matusalém. Arquitetaram juntos o contra-ataque, buscando recuperar as repartições e as esbulhadas casas através da arma imbatível da palavra. E assim foi. Setenta homens escolhidos; na frente, Matusalém. E ele se inclinou e escreveu *a palavra* no chão, riscando o círculo e, diante de cada moradia ou prédio injustamente ocupado pelo inimigo, todos juntos a repetiam. E o universo girava, e os ratos, gigantes ou não, fugiam atemorizados pelos buracos, bueiros, para o monte, a floresta, os antros mais profundos, cobertos de pedra ou sombra. Aqueles que estavam nos humanos foram desaparecendo das fisionomias e dos corpos, como escuras e velozes nuvens. Corriam, corriam, tal se tivessem rodas. Não havia nada que resistisse à palavra nos lábios dos viventes. Nada que resistisse ao seu fragor de represa que se rompe. E Matusalém, para que os roedores não voltassem, com a alma na mão, ordenou seu afastamento para sempre. Ordenou. Não descansando até que "o para sempre" reboasse além do visível, além das superfícies polidas da matéria, atingindo o derradeiro lacre. Sem deixar de olhar o mundo que se apaziguara, o mundo que olhava para ele enquanto os crisântemos da noite borbulhavam. E os outros, das obscuras nebulosas. E Matusalém, vivendo, contava a história. Vivendo, se salvava de esquecer.

CAPÍTULO DÉCIMO
*De como Matusalém descobriu que a loucura
não se mata. Mineradores subtraem preciosas pepitas
de ouro do interior da selva. Isso faz crescer a cobiça de Limo do
Desterro, povo vizinho, gerando uma guerra.
O mistério de um explorador assassinado e as diligências da
polícia. Batalhas dentro da floresta e muitos mortos.
A glória devora a glória.*

Matusalém, diante das calamidades que atacaram Pedra das Flores, indignado, meditava sobre a incursão da loucura funesta que anda em redondo e a vida querendo ir ligeira ao fim. Angustiava-se com a maneira com que vinham e se extinguiam os males, com iguais sintomas de demência. E advertia:

– É preciso impedir a invasão da parte corrosiva da loucura!

– Há uma loucura boa e outra má. A que edifica e a que destrói – sublinhou Lídia, conciliadora.

– Se a matamos, mata-se o que pode ser o mais alto em nós! Ao matá-la, nos matamos.

– Mas ela ressuscita!

– É o amor ao impossível.

– Sim. E onde não há impossível!

Ao pé dos dois, na sala da residência, diante do espelho que, atraído pela luz, os fitava na parede, ao comprido, acomodado sobre as patas, Crisóstomo mexia-se lentamente. Era a própria estátua do "cão pensador", que Rodin não previu. Ao deparar com ele, Matusalém o chamou para perto de si:

– Crisóstomo, tens um engenho agudo que ninguém conhece! Lates o que não falas e falas o que não lates!

O cachorro olhou com presteza para o dono e, na comunicação das pupilas em alma, respondeu:

– O meu engenho é simples. Falar latindo e latir falando.

E Matusalém não se fez de rogado:
— O latir é para os mortos e o falar, para os vivos!
O cão não vislumbrara a possibilidade de tamanha metafísica. Ele apenas existia como a brisa e o movimento do Sol.
Foi quando Lídia, séria, interveio:
— É ato de encantamento latir para não se descobrir humano e falar para achar, no homem, o cão.

Mas ninguém matava fácil a loucura. Com a descoberta de valiosas jazidas, um zum-zum de rica extração de ouro procedia da floresta. Isso não é coisa que fica escondida, passa a correr à boca pequena. Depois às grandes. É fogo que se apregoa. A fala é mais rápida do que os cavalos. Alguns exploradores — consta que de origem estrangeira — encontraram preciosas pepitas numa mina entranhada na selva, em lugar inóspito, com cipós e árvores seladas de escuridão. Tais mineradores passaram a carregar para o exterior o que extraíam, sem qualquer lucro para a cidade ou imposto para o governo. As pedras maiores eram revendidas lá fora, num mesmo ciclo: o de arrancá-las do fundo e comerciá-las clandestinamente. Um tal de Teodoro Link, de alcunha Teo, fez fortuna, construindo uma suntuosa mansão, cuja sala era ornada com objetos de coleções raras e o banheiro, cravejado a ouro nos arredores da cidade. Link era magro, falante, espertíssimo. Tinha nariz adunco e olhos frios, era grosseiro com seus comparsas e delicado com as pepitas. Afirmava:
— O amor é igual ao ouro, mostra a verdade, ainda que engane ou disfarce.
Teodoro era solteiro e, numa madrugada, apareceu misteriosamente morto por golpes de faca. A suspeita recaiu sobre um dos comparsas que ambicionava a liderança. Foi achado com o corpo curvado, quase se dobrando em dois, a testa encostada no assoalho e três feixes de escorrido sangue. O auto de necrópsia do defunto constatou ensandecida ambição e nenhum rasto de amor à pátria. Apesar das controvérsias criadas em torno do crime, sua autoria persistia ignorada.

Tudo isso fez com que o governo tomasse medidas não só para elucidar o delito, mas para esclarecer as circunstâncias do enriquecimento que brotara das jazidas na floresta. De um lado, pela não captação devida de impostos e, de outro, por ser o ouro um Aladim da lâmpada também para o poder. E, sem ser Aladim, o delegado de polícia, dr. Giovanni Alentejo, deliberou resolver o assunto do ainda inexplicável homicídio de Teodoro Link e o que se amoitava atrás de sua execução. Tinha aspecto entre severo e sinistro, rosto grave, de escasso sorriso, rugas e duros olhos, como lagartos na grama, pretíssimos. E um trabuco na cintura (revólver mais falante do que ele). Circulava um boato: o tal comércio de jazidas era dominado por uma pequena e desafiante máfia. E o boato não é um recado da realidade? Isso era viável, por alguns indícios. Um deles, o de que a riqueza só trafegava entre poucos de maioria anônima. Outro, a forma com que utilizavam facas ou pistolas que não serviam como intimidação, mas para ataques infalíveis. Mais ainda: a clandestinidade a serviço da cupidez e da imprestável honra. Eram cercados de códigos, desenhos de caixões, cruzes (encontrados em armários e gavetas do finado Teodoro Link). E o destempero da justiça: os processos não chegavam a nada. Essa máfia suspeitosa e turva era um golpe na reputação policial e na de seu titular, tão cônscio, ao infinito, dos deveres cívicos. Entre as testemunhas para averiguação de tal assassínio foi intimado Noe Matusalém, que, ao ser interpelado, contemplava a parede amarelenta e descascada da delegacia, situada no bairro de Alicante, em prédio antigo, térreo, de esmaecidos tijolos. Ao chamar pelo nome o escrivão Noel Setembrino, viu que ele olhava por sobre o nariz avultado, digitando com um dedo o teclado do computador. A primeira indagação foi a do delegado, que pediu os dados qualificativos de Matusalém, respondidos por este com precisão. Ao ser perguntado a seu respeito, empacou, deslizou com os olhos. Diante da insistência, replicou:

– Mudo tanto que nem sei quem sou. Talvez possa me ajudar.

O delegado notou o tom, pouco usual em Matusalém, e disparou, severo:

– Não! Eu é que preciso que me ajude! O que sabe sobre a morte de Teodoro Link?
– O mesmo que todos, isto é, nada.
– Pode me explicar?
– Não vejo razão. Nem a morte sabe de si própria. Duas vezes falei com Teodoro, por demais discreto, não saindo pedra de leite. Explorava jazidas e era próspero.
– E sobre o delito o que ouviu dizer?
– Não ouvi. Mas o povo fala de uma máfia. Reunia-se na casa do defunto.
– Quem lhe contou?
– Há boatos pipocando. E eu vi, ao passar casualmente pela frente de sua casa, um grupo nuvioso, sombrio.
– E o que mais?
– Nada de nada. O que sei? A superfície do homem é diferente do fundo.

Além das diligências do temido delegado de polícia, dr. Giovanni Alentejo, que sob o umbroso manto da máfia não resultaram em nada, e após a oitiva de Matusalém e outras testemunhas, foi enviado, por iniciativa governamental, um espião para averiguar o sítio, onde se encontram o minério e a forma dessa exploração. E, para tanto, foi designado o oficial Jorge Ferrara, das Forças Armadas, perito em guerra psicológica. Astucioso na faca e na arma de fogo, faltava-lhe sobre o férreo semblante a bondade, sem a qual não há beleza, apenas certa antipatia na expressão fisionômica e nos gestos. Alto, exercitado nas pugnas físicas, tenaz, autoritário, realçando um bigode farto e hirsuto, tinha voz de barítono. Dos sinais e venturas o sabiam os companheiros de farda. Nem seus verdes olhos de falcão obtiveram sair do controle dos ditos exploradores, que tiveram notícia dele e de seu intuito denunciador, como intruso no deleitoso ninho. Na selva jamais é desaconselhável cautela, e ele não a teve. Tramaram-lhe uma emboscada, dizem que por tentáculo da máfia, quando se julgava absolutamente seguro – como um mocho entravado na forquilha da árvore, pensando não ser visto, é que se viu caçado, com tiro no peito. E morto viu-se o valente, enterrado ali na selva sem memória nem honra, salvo as de uma sonolenta pedra, que nada tinha de ouro. Dizem que a morte se aborrece desse metal tão ambicionado. E se apraz em punir os que pelejam por ele, colhendo-lhe os avariados despojos. O morto coçou a morte. E a morte coçou o morto.

Esse ato delituoso não deu reserva de tempo para as autoridades de Pedra das Flores se vingarem pelo falecimento do inditoso oficial, ora cativo das formigas.

Pois essa proclamada existência de jazidas de fascinante ouro atraiu a cobiça do governo vizinho, que se estabelecia depois da floresta, com um canto de mar, Limo do Desterro. Armado até os dentes, sobretudo até o coração invejoso, dispôs-se a ocupar à força a floresta onde tal riqueza se alojara, sem ética nem lisura, coisas alheias àquele regime de poder despótico. Foram as aves em fuga que anunciaram o avanço inimigo ao se atropelarem subitamente sobre a cidade, como advertência celeste. Pois a guerra começara. E ninguém sabia o que fazer com ela. Não nos desolam mais os mortos do que chorá-los e sepultá-los. Talvez nem haja tempo de chorar. Importa resistir com a arma na mão e na alma. E, não havendo carência de fé, a esperança se desgasta. E a guerra era tamanha que Deus caminhava a eternidade a pé. As balas atiçam os sonhos, tendo o barulho de bicheira ronronando nos corpos. Ao ventarem em todas as nuvens, a língua do inimigo, língua de veneno, perturba menos do que a ponta infungível das balas. Não se hesita entre viver e matar. Há que matar vivendo, matar respirando. E o menos ameaçado de perigo é o que vai perto da terra. E, se entrar para dentro dela, torna-se invulnerável. Assim, o caminho do sangue leva o tempo de ir à casa. E o sangue é a casa, o sangue é o cavalgar dos corcéis, o fuzilamento, trabalhando todos no formigueiro da morte. Desmanchando-se o fantasmal veleiro dos tiros. O que se entorta vai perdendo serventia. Restava sozinha a serventia de matar. Deus caminha a eternidade a pé, e os céus encobrem os mortos.

Se há futuro na matéria não se sabe, nem se o futuro é matéria. O fogo da guerra não para numa frase, ainda que flutue até o torso de maçã do mar. Sim, tudo se perde e tudo flutua. E o cheiro do país é sentido, asperamente, nas narinas de pólvora. Como se não tivesse mais antepassados. De um lado a outro das trincheiras, cada defensor era mais adiantado do que as balas que se dilatavam no fôlego e aventura. A infelicidade abolia o tempo e o tempo, qualquer bônus de felicidade. Não, o que oprime não carece de alfabeto algum. A dor nunca se mostrou doutora em nada. E a morte não é política nem senatorial, é doméstica, abusiva, filha pródiga, admonitória, dona de irados estoques e corporações. O focinho branco da noite já nos morde. Era como meditava Plínio, o Velho: "Só uma coisa é certa: que nada é certo".

Vai, Matusalém, com teu cão Crisóstomo, com tua faca ou fuzil, com tua palavra nas costas, com tua humanidade hasteada, com tuas vidas todas, desde o murmúrio da infância e a aragem de teu povo, vai!

Não importa quantas vidas tem Matusalém, ninguém logra discernir. Além do sonho, Lídia é a centelha mais pura. E os caminhos de quando as almas se ligam umas às outras não se bifurcam. Enigmáticas são as vias, mais ainda os meios de descobri-las. Não se remendam amores nem ódios. O mais é vaidade e patrimônio de brasas. Sem paraíso nas cinzas. Matusalém, não tem justiça a pátria que esquece rápido os que a dignificam. E curtos são os sopros, de tanto que se morreu. Vai, Matusalém, que o ódio humano é uma pedra seca. Taciturna. Vai!

Matusalém não gostava de guerra, mas, como patriota, não lhe cabia se esquivar. Sobretudo tendo sido convocado pelo governo para assumir o comando, o que não esperava. E o oficial que lhe levou pessoalmente a convocação superior afiançou que não fora ele quem criara a estupidez e que cumpria ordens, confiando no seu tirocínio, não deixando de revelar a citação do cardeal de Richelieu na boca de Joana D'Alembert: "Uma guerra é justa quando a intenção é justa". E Pedra das Flores se achava numa posição rigorosamente de defesa. A resposta de Matusalém foi pronta:

– Ainda não militarizei minha alma. – Acrescendo: – O que para uns é cegueira para outros é visão.

Não deixou de alistar seu cão, de tão boa memória, na tropa. E chegou a escrever com o próprio punho no documento de alistamento: "Os homens podem falhar nas dificuldades, os cães nunca". Na farda, destacava-se logo pela estatura e pela força. Todos se deram conta de sua cintilância cívica.
– Sou da pátria! – confessou. – Mas o que é a pátria? – E a resposta veio para si mesmo: – É o peso dos ossos!

A guerra deu a Matusalém o desencanto de um retorno à Idade Obscura, de que os historiadores sabem tão pouco e que é tão profunda que a escuridão não se alfabetiza nunca nem é educável. E, sendo estado de constante confusão, onde látego e ruína são as regras, ou não há nenhuma, salvo o pecúlio da cova, Matusalém estava perplexo e não tinha devoção com a morte nem com a estupidez. E essa Idade do terror é igual a todas as épocas. Com outra fome a comer a fome. E o nada, nada. Quem cava no fosso tombará.

Um acontecimento repercutiu, assim que se iniciou o armistício de paz, com a vitória de Pedra das Flores, a volta do cantar dos galos. Esse rubro canto, que se elevou nos impérios e é o mesmo através das civilizações, estava calado e tornou subitamente, na madrugada, a riscar os ouvidos com sua pomposa estridência. E outro evento, sem ser um consequência de outro, o relógio da praça, denominado *Alcaide Felício*, viu o repentino desaparecimento da neblina que se renovava dentro dele, parecendo inacabável. E cessou no extinguir-se da guerra. Foi perturbador o fenômeno, já que aquele relógio acompanhou, cerimonioso, dias e noites, sem mudar a fisionomia das horas. Com o começar do conflito contra Limo do Desterro, padecera uma convulsão inesperada, ou colapso, como se a cidade enfermasse junto, metódico e invulnerável. Em vez de dar o tempo, começou a fabricar névoa, com errantes camadas entre os ponteiros. A que estava neles reproduzia-se pela caixa, e os números estancaram, saltando névoas pelo interior do relógio, tal como se ele pairasse sobre o início do mundo. Como se ali a névoa fosse o mundo. Ou mastigasse, mastigasse, mastigasse a treva. E o que desloca névoa sob a caixa não desloca pedra quando o tempo é só névoa, névoa caída dentro de si mesma. Ao funcionar, limpo de neblinas, o relógio trouxe um bem-estar coletivo e a certeza de que as calamidades, grandes ou pequenas, terminam. O povo é saciado com qualquer possível felicidade. Mais ainda no instante em que o retumbar dos galos se mesclou ao do relógio trabalhando sem o branco, grandular interstício. Nada depois deixava entender de que ele se afligira, ainda que todos vislumbrassem que, de alguma forma, o tempo de guerra influíra no do relógio. Ou talvez também o relógio estivesse em guerra. E apenas o tempo endireita o que o tempo entorta.

No centro das batalhas, o que se afigurava demência deu vazão ao tino. Com autoridade indubitável ao tratar seus comandados, Matusalém não falava duas vezes. Era como se os homens fossem transpondo os espaços do animal, que se reduzia mais e mais. No fragor da violência, Matusalém principiou a ter a noção do medo e dos limites, assim como da perseverante superação. Ao reparar em tantos inimigos destroçados, reparou também que o ódio não gera nada e a estupidez inventa mais estupidez, com a desolação e a agonia. Quando uma horda de trevas subsidiava a densa neblina e a moita do crepúsculo se confundia com a dos vultos, Matusalém confidenciou ao subtenente Tenildo Dias, seu imediato:

– A morte acha que sabe, mas não sabe nada! Os destroços são tantos que pouco resta. A morte ignora o que não consegue matar. É o desgosto de quem não tolera olhar a si mesma. Sim, a vida é uma rajada de nadas – balbuciou Matusalém.

O campo se amontoara de defuntos. Por detrás deles, a lua. Até o ar pousava sobre o cume das árvores, parado. E Deus caminhava a eternidade a pé, com os vivos a encobrir os vivos.

É verdade, leitores, pouco sabemos do que acontece na frente de batalha. Os combatentes de Pedra das Flores foram pelejar dentro da floresta, defendendo-a palmo a palmo. Com muros de pedras empilhadas, cavar de fossos, paliçadas. Rasgando o corpo da selva. A estratégia agora é a guerrilha, com ataques sorrateiros ao inimigo, causando baixas. O tiroteio cerrado e fumegante. A chaminé dos vivos e dos mortos. E ninguém indaga sobre a razão de haver tantos defuntos. Matusalém, ao comandar um grupo da tropa, viu incorporarem-se nela cidadãos comuns, inclusive lavradores tirados da gleba, trabalhadores da indústria e funcionários subtraídos das repartições públicas. Mas pouco se sabe da frente de batalha. Ao lado de Matusalém e de seu cão inseparável estava o tenente Tenildo Dias, de farda escura, massudo, com o hábito de levar o quepe até para dormir. "Ele tem olhos!", justificava.

Matusalém evitava as confidências, e elas aparecem inevitavelmente quando a intimidade emerge. Durante a campanha da guerra, seu subordinado Tenildo Dias mostrou-se aflito e lhe contou sobre o desentendimento conjugal havido com a mulher, Teresa, de gênio turbulento. Matusalém escutou, consolando o companheiro, ciente de que a distância curava todas as feridas. Quando, porém, Tenildo lhe pediu segredo, a resposta chegou franca, inesperada:

– Tenildo, por que devo guardar segredo se nem tu conseguiste guardá-lo?

Depois maneirou. O sigilo se devia à virtude da confiança e se fechava como um cofre, nada saía. Ainda que soubesse que a virtude do espírito era o desconsolo da matéria.

Numa finada tarde, a governante Joana estancou o trote do cavalo que montara, ao lado de seu estado-maior, com alguns ministros, e veio para a frente de batalha. Matusalém bateu esporas, perfilado em sentido diante dela, e moveu os braços em continência. Sobre a mesa, na selva, os mapas se enrolavam e tombavam no solo, distraídos. Um dos soldados os levantou, entregando-os na mão de um ajudante de ordens da governante. Quando se percebia o movimento de dois ou três inimigos entocados sob as moitas, era como se vissem todos de uma só vez. Em clarão e no enxame de balas. Ao ser atingido, um alazão dos nossos, com as vísceras para fora, ainda contemplou o dono que o cavalgara, inclinando em seguida a cabeça como se roesse a si mesmo, e heroicamente expirou. Os de Pedra das

Flores se arrojaram com mais ardor na peleja, escapando das baterias inimigas. Certo artilheiro do outro lado arrastou um canhão com rodas e foi alvejado com um balaço na cabeça por Matusalém, que se apossou da arma, furiosamente. E aos que queriam cobri-lo, no avanço, sério, gritou:

— Não pensem em mim! Pensem na vitória! A guerra precisa alimentar-se de mais mortos! — falou de novo Matusalém, que já vivera e vira muito e não se aprazia com sangue. Mas também não acatava desonra e derrota. — É vermelha a luz, vermelho é o sol, vermelhas as pálpebras. Vermelha é também a dor! — exclamou, suando e vendo na paisagem o virulento capital de defuntos, lado a lado. Com a ruindade humana se acumulando sob a mira. Depois, ouviu a voz rouca do mensageiro relatando que um pequeno destacamento de soldados de Pedra das Flores fora feito prisioneiro, com feridos, numa tocaia entre folhas da floresta. Outros escaparam. As padiolas estão carregadas e alguns gemem. Geme o vento. Deus caminha a pé a eternidade, e os mortos parecem encobrir o lamento dos vivos. Ou nem lamento é possível. A noite verde cortou suas cordas de violino numa pedra. E o ódio humano é pedra, pedra seca. Donde se arranca alma? Ou alma, de onde se arranca pedra.

Ou é nada dentro de nada, já que a história é rachada pela guerra. O companheiro de armas de Matusalém, o filósofo Linério Ross, se ainda há lugar para filósofos no lagar da intempérie, afiançava que os momentos da história não fornecem critérios de julgamento, são julgados, segundo a lição de seu mestre, Lévinas. Mas a história não se desdiz nem se arrepende, e é inconstante o mundo. Na guerra se podia tudo, com os canos de balas destravando. Abelhas-balas produzindo mel negro, sem favo. Oitava do mal sob o dedal na mira. Sim, tudo se pode diante de tal batalha, quando Deus caminha a eternidade a pé, com mortos que escondem mortos, mas ninguém se oculta de si mesmo. E noite não soletra a noite.

Num tiro e tinir de pedra escasseou a comida. E, de pedra, o que se extrai senão pedra? Ninguém queria digerir chumbo ou pólvora. Cada um procurava sua fome ou era por ela digerido.

Matusalém dividiu o alimento quase nenhum com o cão. E, quando nem isso havia, tirou sua bota de couro e a deu para Crisóstomo mastigar, distrair os caninos e roer a fome. Que não morria. Depois a dividiram igualitariamente. Mastigavam ambos o couro. E era Carlitos o cão. Carlitos, o dono.

Vai, Matusalém! Morde a fome até que chegue a carga de víveres. Teu coração, que não tem mais cor, geme na azul fornalha dos combates. Atiraste a esmo e atingiste inimigos que jamais encontrarás. E observaste que a floresta cospe soldados e amêndoas-balas para fora de suas divisas. Teus olhos são capazes de contemplar a coragem e o pânico de um deles, de pulso rompido, que caiu entre papoulas. Ninguém te recusa o direito das perguntas, deixando solta no céu a colher da brisa. E não és obrigado a continuar a ver a morte se organizando, todavia é preciso persistir vendo sem perder o tino. Enterrando os que se foram, rasgando bem a terra para que possa engolir a todos. E estás exausto de carregar o fuzil de sementes e broto nenhum de sol. Se voam as fábulas com as aves, Matusalém, não podes mais contar os goles de pólvora que o mar tão rente bebeu. E não és inocente! Vês as coisas com olhos dos vivos, ó personagem que me vai criando, inda que os leitores se defendam de mim e eu, dos leitores.

O que segura o mundo são os sonhos. Com a fúria dos combates, os invasores passaram a recuar, e a inchada floresta parecia tombar em cima deles. Matusalém não parava de atirar até esvaziar o grito, empurrar para fora as almas foragidas dos corpos. E o que ele utilizava era fogo, fogo junto à mira. Só os vivos cobriam os vivos, já que os mortos continuavam morrendo. E, ainda que voltassem a lutar, caíam, caíam como moscas numa teia. Caíam. Enfiados de balas e zumbidos. Caíam de não poder mais cair. Nem gritar, de tanto sucumbirem. Sem curral para o animal da morte se bandear. Consta que os mortos não ouvem uns aos outros. As raízes crescem e acabam atravessando o caixão, se houver algum (pois até na terra nua são sepultados). Os mortos não conversam nem consigo mesmos. E vinha o sol e lançava sombras sobre as anônimas tumbas, lançava sombras por detrás das árvores, por detrás dos tiros, por detrás da marcha muda dos soldados, lançando sombras atrás dos pés de Deus.

Uma cena impressionou Matusalém, petrificando-se na retina. Durante o percurso da batalha, chocaram-se em corpo a corpo quatro soldados, dois de cada lado. A intensidade era tamanha que nem contavam, ou conseguiam raciocinar, salvo pelo instinto. Matusalém, com a baioneta, calou o coração do inimigo até os arcanos da morte, que se foi alongando para fora, pronta para sair. Mas seu atilado companheiro, Gumercindo, com fama de matador, viu-se dominado pelo adversário, bem mais robusto, que, manejando a faca num lampejo, degolou-o, não antes de ele, valoroso e vencido, oferecer sem temor a garganta. Matusalém, furioso, não permitiu que o opositor se adiantasse em vitória e nem tempo lhe deu. Varou seu estômago na ponta da baioneta e foi cair este junto de Gumercindo, jorrando sangue, misturando-se um ao outro, num só. Condoído, Matusalém contemplou o que faz a guerra e o que a paz não pode. Com a noite que agora não soletra noite.

Crisóstomo, o cão, não desertou da companhia de Matusalém, mesmo no explodir dos fuzis e granadas, o que soía acontecer com seus companheiros de estirpe. E os soldados se acostumaram com ele, considerando-o membro simpático e altivo do destacamento. Ele se aprudenciava algumas vezes sob a lona, dentro da selva, e outras no traquejar das lutas. Matusalém, certa ocasião, ao verificar que seu escudeiro Crisóstomo mostrava-se tardo e aterrado com o suado galope das balas, bradou-lhe, autoritário:

– Vamos! Esquece o barulho dos disparos, estamos juntos! O medo embota os sentidos e faz com que as coisas não pareçam o que são, e sei de tua coragem! Não há monstros nem gigantes, todos são homens!

E um eco reboava: "Todos são homens".

O cachorro a tudo compreendia, esforçando-se, e desceu a encosta atrás do dono até ultrapassá-lo, com as patas iguais a relâmpagos correndo, achando loucos os humanos, loucos, correndo, cortando o vento. E, como se os pensamentos se entremeassem, os do cão e os do amo, loucura era o que se transmitia de um a outro. Não há velocidade ou morte suficiente para os que mordem, mordem, a demência na cauda. E não mudam de pele os que resistem. Enquanto Matusalém, de astuta pontaria, com o aceso cano da pistola, murmurava "A estupidez não tem futuro! A estupidez ganhou pernas de fogo! A estupidez derruba a estupidez!", a noite ia, aos poucos, alfabetizando a aurora.

Num intervalo todos se pareciam, entre cigarras que enchiam as árvores, apesar dos combates, menosprezando a ferocidade humana, que repartia como cartas na manga os destinos, espichando cansaços, Matusalém foi varado de gratidão e estima pelo seu escudeiro, o cão. E, ainda que afônico, palavras buscavam alma para dizer a ele, Crisóstomo, o atravessar de afeto, léguas, arvoredos, aventuradas coisas junto, chamas que não deixavam o peito. E sublinhou, para que fosse ouvido no limpo vento:

– Quanto te devo, Crisóstomo Sancho, querido, querido amigo!

As orelhas do animal eram roseiras, com discerníveis pétalas. E, ali, Matusalém espairecia sem o trovoar distante da artilharia, como se o ar todo na catraca se enferrujasse, desamparando as armas. O seu coração chiava igual a uma tina repleta de água. Chiava a manhã. E sussurrou aos ouvidos de tantos olhos do sisudo cão:

– O que te dei eu em troca de tamanha fidelidade e perfeita confiança? Como te pagar o me haveres livrado quando descalcei os sentidos no riacho Nuvem da Fonte? Sete anos, sete, e nenhum despeito, nem pluma de rancor, nenhum mal-entendido! Mais homem do que cão, ó Crisóstomo, probo, honrado!

O escudeiro, pulando de contentamento, mal se sustentando nas intensas patas, chorava dentro, chorava de não chorar, umedecendo o focinho, esbraseando os olhos, menos do que a lágrima, com medo da cegueira. E externou-se sobre o ramo de um latir tão comunicante, semelhando-se à água que vaza por debaixo da pedra:

– Agradecido sou. Não trago nada nem pedi nada. Sou considerado e me basta. Não há coisa no mundo que se compare a poder ser honrado escudeiro!

E os afagos do amo recompensaram de plantada alegria o prestimoso Crisóstomo. Ninguém jamais pensaria que era uma despedida. É traiçoeiro o tempo de quem ama.

Naquele empedernido mato, que saibam os que escutarem, a gramática da dor evita declinar os verbos defectivos da quimera, ainda que, para muitos, seja iletrado o tal sofrimento. E os gemidos na polpa da treva não querem adicionar pronomes ou adjetivos entre névoas e musgos. Os adversos eram exigidos pelo intrincar da floresta, que os combatia sem que se dessem conta, a floresta com seu barril de folhas explosivas. Já tinham contraído desolação e ruína nos recessos alguns dos inimigos, perturbando os olhos, e apenas se exibiam de estar vivos, mas forças não tinham, de tão morridos nas entranhas, tombando suas carcaças, podres de lividez, cavados pela enxada do delírio. E os insetos e a areia movediça, além das cobras se enroscando nos galhos e atacando e das feras que se arremetiam contra os invasores. Até os ratos, antigos inimigos, se alistaram nas fileiras da selva, roendo os acampamentos, as fardas, os equipamentos, as botas do inimigo. Não era mais possível repouso. Confirmando Machado de Assis, que Matusalém lera na quietude do ócio: "Toda a sabedoria humana não vale um par de botas curtas". Nem as botas do medo, da ferocidade, que eram mais longas. Pois o mestre do Cosme Velho achava que engraxá-las é sublime. Talvez o mais sublime, sob a chusma esvoaçante de balas, seja abandoná-las entre uma árvore e outra, ou entre urtigas, macegas, com os pés da descalça resistência. Sim, a floresta era aliada intransigente, com a bocarra das frondes e veredas prestes a engolir os soldados inimigos, que na escuridão se aninhavam nas covas e fojos, lutando entre si, matando um ao outro, sem distinguir os da própria tropa. Um tigre apareceu entre as moitas, devorando na investida, aguçado, todos que podia. Mas acabou morto, a tiros, depois de um furioso estrago entre as hostes. O raio das balas demolia as pedras, rachava a tarde, sendo o combate a cabeça de um trovão que tomba, retumba, rijamente estrala por entre as sebes, goteira enorme sobre a telha vã das folhas. Deus caminha a eternidade a pé, e a eternidade a pé caminha em Deus.

O líder político de Limo do Desterro era o general Agripino Serpe, com cobra nas dobras do nome. Sem acaso. Possuía no seu palácio um serpentário e amava vários tipos de escorpião, que enjaulava em vidros fosforescentes. Tinha o rosto anguloso, baixa estatura, um olho maior do que o outro, não se sabendo ao certo qual dos dois é o que fixava quem estava diante dele. Os demasiados cabelos negros desciam na testa, dificultando-lhe a visão. E o tique de erguer a sobrancelha esquerda ao refletir. Orelhas grandes em parte das feições descoladas, sofria frio no calor e calor no inverno, como se o organismo tivesse perdido o pêndulo. Parecia coxo, forçando um lado da perna. Mas não era, simplesmente tinha fraqueza nos ossos. Cruel, mas foi essa crueldade que unificou a comunidade. Era fascinado pela opulência, o que não correspondia à pobreza e à fome de seu povo. Contam que o general Agripino Serpe pedia que pegassem um pássaro e o trouxessem. E, diante dos assessores espantados, dizia "Olhem bem", segurando delicadamente o pássaro pelas patas e arrancando suas plumas devagar. Ao tê-lo totalmente depenado e trêmulo, murmurava:

– Estão vendo a gratidão que o pássaro sente pelo calor humano que brota de minhas benevolentes mãos?

Usava fogueiras para afugentar os animais na floresta. Sua tenda tinha conforto, para ele a forma de subsistir. A soldadesca lhe obedecia mais ainda com seus gritos histéricos. A voz que ressoava em falsete. Sua imaginação era uma bota velha que encontrava o apoio de um pé cambaio. E a guerra, louca de nascença, não tinha imaginação alguma. Matusalém, prevenido, minou os atalhos da floresta, a areia intumescida, a dedilhável relva, o riacho, a beira do oceano, os meandros escuros da selva, os rochedos e cavernas, com o riscar do círculo de sua mão espalmada, e foi pondo minas açuladas de palavras, seguido por

Crisóstomo, que por vezes entreabria espaços com as unhas das patas. E, em cada lugar, depositou palavras como um arcabuz e viu que os círculos rodavam até o céu rodar com eles. E proferiu a destruição dos inimigos, pondo luz debaixo das estrelas e do firmamento no chão:

— Haja palavra de alma! – bradou, determinando as eficazes armadilhas desse arsenal invisível. – Haja o fim da guerra e dos adversos! – soprou no chão e era vento, muito vento disparando. E as palavras foram enguiçando as armas de Limo do Desterro. Foram enguiçando as almas e nada mais poderia suspender o choque desencadeado. – A palavra – disse Matusalém ao tenente Tenildo Dias, perplexo, às vezes, mas com bravura contida –, a palavra é o voar de Deus!

Quando a guerra nada mais sabia fazer de si mesma, apareceu a chefe do governo de Pedra das Flores, aproximando-se no seu festejado cavalo, dona Joana D'Alembert. Filha de poderosos fazendeiros, recebeu educação no exterior, com o dom de línguas (não cabia contar quantas falava). Eleita democraticamente, governava em severidade não própria do temperamento feminino. Talvez a rudeza dos afazeres do campo a tenha talhado em bronze. Com o tranco das responsabilidades, seus cabelos se tornaram grisalhos, como os grisalhos conselhos de guerra. Amor não se espaçava em sua solteirice. Bastava-lhe a graça do povo. Ser chefe é saber sem saber o que já se sabe. Vestindo farda de general, portava alguns medalhões de ouro no peito, estofado e esbelto. Era formosa mulher, loira, afidalgada, com cabelos encaracolados que se soltavam do coque e caíam sobre os olhos tenazmente negros. Benfeita de corpo e com voz suavíssima, regia como matriarca, rodeada de ministras, quase nenhum homem compondo o cortejo. Admirava de longe Matusalém, com boa parte de sua gente, confiando na sua destreza e fidelidade. A clara tez se iluminava no sol e trazia sobre a montadura um fuzil e a cortante espada. Conduzia os valentes, ouvindo dela:

— Nós temos a palavra e eles, não!

Alguns a reconheciam como "Mãe da Pátria". Mas Matusalém não acreditava nesses apelidos. A pátria não precisa de mãe, nem de pai, nem de avô e, muito menos, de amante. Ela existe antes de nós e a nós sobreviverá. Viemos dela, todos, inclusive Joana D'Alembert. Era sabido que tudo fez para impedir a guerra, advertindo através de mensageiros o que sucederia com a invasão da floresta. Não foi escutada. Aliás, a guerra não argumenta, mata. E o opositor, general Agripino Serpe, foi na época surdo e mudo às súplicas de paz. Porque as jazidas brilhavam tanto que ofuscavam a harmonia, retumbando o tambor do sangue. O curioso é que não alcançaram nenhuma jazida, já que os exploradores fecharam as minas e fugiram, levando no alforje dos cavalos os últimos estipêndios. Isso irritou ainda mais o invasor, criando barulho e morte por nada. Shakespeare não admirava os ditadores, sobretudo quando havia "algo de podre no reino". Enquanto Joana D'Alembert buscava "o maior bem no maior mal", apropriando-se dos despojos do inimigo onde passava. E ficavam armas, víveres e gibões cheios de moedas de Limo do Desterro.

– O que vou fazer com elas? – indagava.

Até uma espada cravejada de ouro que pertencia ao comandante dos adversários veio-lhe às mãos. Ciente de que a inteligência ou a estratégia somem no estrugir das balas. Matusalém, ao apertar-lhe a mão, viu que a grande governante possuía dedos compridos e mãos finas, pequenas, diferentes das do general Agripino Serpe, descarnadas (e que jamais cumprimentaria). Sem comparar com a energia com que a líder de Pedra das Flores tratava os assuntos de Estado, o que era tenência de alma, que não se divorciava da sina. Ouviu, certa vez, da governante Joana a alusão aos ministros, atestando que, além dos que integravam seu gabinete, estavam as manhãs, os montes, os ventos, as árvores. E não podia prescindir das quimeras.

Não, não era uma quimera que Joana D'Alembert presidia, mas o milagre de todos os sonhos por ali passarem. E uma explosão em cadeia se armou contra os inimigos, ao pisarem nos círculos traçados sobre o solo por Matusalém. Girando a palavra na luz, girante devastou as tropas invasoras, destruiu os arsenais e canhões, derrubou na voragem os homens, que restaram reféns das palavras. E, como ninguém as retirou, aquele exército armado se viu numa jaula imensa e imóvel, com ruína e morticínio. A palavra pode explodir, a palavra explodiu, e nada é capaz de impedir a sua industriosa execução. Nem a morte. O que é da luz não dorme. Não há de dormir nunca, enquanto resistir na grandeza o homem. E a palavra é partícula, explosão de Deus. Cada vez mais o extraordinário é natural, e o natural, extraordinário. E o que não é milagre nem vale ser pensado. Não há pano suficiente para se remendar o absoluto. Por durar a grandeza da palavra. E houve a rendição, com a entrega da espada do general Agripino Serpe à governante Joana D'Alembert, que tratou com nobreza o vencido, ao se entregar com a farda puída, cabelos desbaratados, face encovada, olhos saindo das órbitas. Mais parecia um demente do que um comandante. Fora seguido de alguns soldados de seu estado-maior, poeirentos, feridos, com o espinho da destoante amargura. Todos eles se despojando das armas. Com a inquestionável bandeira branca. Consta que o general Agripino Serpe foi atingido por um tiro no ombro, um disparo tão faminto que fez cessar o ânimo dos homens com um "Basta!". Os presentes verificaram o olhar benigno de Joana D'Alembert, ao retornarem os inimigos desolados para Limo do Desterro. Iam sem palavra mais alguma, carregando os mortos em carroças. E a mais viva palavra, implacável, ainda os perseguia, sendo a vista dos olhos a andança da alma. Ou a errância do nada. De uma à outra, Matusalém desabafou:

– O ser humano me dilacera, enche-me de piedade! Vai comer, dormir, filosofar, esticar as canelas para ser depois pasto de vermes. Mas algo em mim diz não a isso, diz não, não! E natureza diversa me consola, como se pertencesse mais ao curso das estrelas do que ao da terra. Na glória não sobra glória alguma! – cogitou Matusalém. – Nem para os ossos.

E Pedra das Flores engalanou suas ruas de plantas ornamentais e hortênsias e desfilou Joana D'Alembert, vestida como chefe do Executivo, com medalhas e cintilante espada à frente da tropa, acompanhada dos que não foram avariados na refrega. Marchavam harmoniosamente no reboo de tambores. Atrás, os carros com os aleijados e lesionados na guerra, escombros andando. Era um triunfo arrastado, desabrido. Não havia flores nem arroubos de alegria. E os calos e rugas no orgulho dos vencedores. O que leva a vitória nem sempre é o mais forte, é o que mais agoniza. Até os cavalos tinham lágrimas no cortejo. Tinham lágrimas nas patas. E as patas gotejando orvalho. Não terminara o sofrimento: parido como vaca na potestade. A bandeira tremulando é um desafio aos mortos. Não se caça o sol com o sangue, nem o sangue e a mortalha com trombetas. E os mortos deslizam depressa, deslizam, e os coveiros estão por demais ocupados e não dão conta da rapidez da morte. E nem a morte, naturalmente distraída, dá-se conta de como vai circulando para a terra. Joana D'Alembert sabia o que carregava no fio da espada e a forma com que a palavra supera todos os desastres. Mas a paz há de ser cavada, pouco a pouco. Num recomeço. Junto ao povo. Até os cavalos choravam, os cavalos, trôpegos, choravam. Não sobra glória alguma na guerra, nem glória no infortúnio. E os heróis se encolhem, desolados. Os covardes se revolvem sob os juncos, sem precisar de nada, porque em pátria se finaram, meditando nas entranhas da chuva sobre a nenhuma diferença entre eles e os valentes, já que há um retiro igual a todos, sob as costas do céu. Não sobra glória quando o medo e o desmedido ódio, num raspo, calibram a sina, entre vagidos do que quer sair do ventre, quer nascer. E o solo é uma garrucha que, desfeita, jaz com molhos de violetas na planura. E tamanhos segredos junto ao arsenal desbaratado, o chão arcando de metais, quietos fuzis, cardos de inútil pólvora, desterradas ou aflitas balas. Nada voa na morte, nem a morte. O que se atrasa é um mundo desplumado, sob os escombros de agonia espessa. E, se a paz é mal dosada, aos sonhos mata e esmaga a solidão. Viver é ir contando, sendo contado. Mastigando a dor e esse mistério de a terra enlouquecer, comendo treva, comendo terra. Revoltado sob a canga, o boi é um homem que rompe o canzil. E a palavra não bebe água. Nem a água vai em língua de alma. Que a tudo se habitua o homem. Quando viver é arredondar as pedras.

Um repórter que trabalhava para o jornal *O Diário das Flores*, cujo nome não sobrou sequer nos anais, entrevistou Noe Matusalém, perguntando-lhe se, após a guerra, havia alguma coisa digna de ser vivida. E ele respondeu:
– Ver uma árvore crescer!
A glória não entende a glória, como a fala dos mortos não entende mais a dos vivos. E a felicidade nunca se desculpa de existir. Nem as duras palavras deixam de amolecer com os sonhos. A glória come a glória, come o nada.

CAPÍTULO DÉCIMO PRIMEIRO

Desolação de Matusalém. Os desastres da guerra, com prisioneiros e feridos. O general Agripino Flores, chefe do inimigo, é preso, julgado e condenado ao exílio. Depois de morto, é glorificado, o que sói acontecer.

O que não relatei e que afligiu Noe Matusalém, tendo um raspão de faca no rosto como florida cicatriz, ou vinco de batalha, foi a forma trágica com que perdeu seu cão Crisóstomo. Dói-me narrar. Era um cachorro que possuía engenho. E o engenho é descaridoso. Primeiro, consigo mesmo. Depois, com o mundo. Mais do que instinto, era inclinação à fidelidade e ao amor valido, decisório. No derradeiro embate contra a tropa inimiga, antes de a palavra eclodir no seu trovão, o cão lançou-se na garganta de dois soldados na defesa do dono e os abateu letalmente, com os dentes certeiros na jugular. Bravo como poucos, ainda avançara sobre outro que tentara disparar o fuzil e foi derrubado num mortífero assalto. E mais um, o último que viu o uivar dentro daquele cão que o destroçou. Ao lado, Matusalém descarregava sua pistola sem desídia na pontaria, e dois, três oponentes caíram, e o sangue quente murmurava ao presenciar que até os companheiros mortos levantavam-se, lutando. Quando acirrou o ataque, Matusalém viu que seu cão recebeu de repente um tiro extraviado no pescoço. E corcoveou, caindo em flor. Foi, junto ao dono, de pupilas postas nele, agonizando. E não latiu mais palavra alguma, não latia tempo algum que lhe sobrasse. Inda que por misericórdia. Algodoada, sua barriga se dilatara, com as patas rígidas e o focinho murcho, que ainda catava um raio de sol. Era como um imenso, amarelo e sangrante lírio. Matusalém, sentado no chão, sem se importar com o ricochetear das balas, num vespeiro em torno, chorava com o rosto no lombo do animal, como chorou com o passamento de Marilda, sua tia. Estourou após em soluços e, sem poder conter-se como outro bicho, sem ver mais nada, asilou-se na escuridão que duas árvores próximas compunham, mergulhou ali. E olhando para o cão prostrado ao solo, comovidamente:

— Meu pobre amigo! Meu prestimoso amigo! Meu único amigo! Solidário e único!

Por dias não se alimentou nem dormiu. Era uma nova morte, apesar de conhecê-las todas desde o nascimento. Seus comandados o ajudaram a erguer-se, consolando o que, para ele, não tinha mais consolo. Pusera as mais substantivas palavras na defesa de Pedra das Flores, nenhuma lhe restava para ressuscitar seu cão. Secara por dentro igual a uma pedra. E de pedra eram seus olhos. A cova de Crisóstomo foi aberta na floresta, onde em flor a treva era maior, no cavar das pás. Como se uma névoa tapasse o cão e o cão já fosse a névoa. E assim a névoa tombava cova adentro. A terra em cima. E, de baixo, a terra é o cão, a terra late o cão, late agora sua pequena eternidade. Cão de músculos de vento, cão de voragem que não tem mais dono, cão de si mesmo, cão de sua morte, cão a comer as entranhas da escuridão em fúria. Ou talvez seja a terra que, na fidelidade, perto, bem perto, o queira, atento, a ladrar sem idade e coleira. A enverdecer com as árvores das noturnas fronteiras. Igual ao diamante afastado do cofre, o que fica sofre também por não ter ido. Além dos empecilhos e ponderações humanas. Sim, sofre de haver ficado. E, ao recurvar-se sobre a fechada cova, Matusalém sussurrou:

— A morte não quis me levar, amigo! Devia carregar a mim, e não a ti! Meu querido cão! Crisóstomo, Sancho de lombo e plumas! Tão companheiro de aventura! Meu único amigo! Único! Na terra eu te arredo e protejo, meu companheiro, dos corvos e abutres! Mas virão borboletas, virão sobre as toras caídas ao pé de tua tumba, e os pardais e melros virão sobre os galhos da pereira, rente à relva de teu sono, amado, querido amigo!

No sofrimento, Matusalém reparou que a história lembra tantos heróis e não fala quase nada dos cães e de outros animais, como se não tivessem direito ao reconhecimento, aos anais da fama. Sendo o permanente animal vivo da civilização o vento. E as proezas de seu abatido Sancho de cauda, focinho e patas, ultrapassavam as façanhas de Aquiles, Heitor e Ajax, da Guerra de Troia, esquecido pela falta de um Homero. Depois se deu conta de que a história se cansara de contar e não queria mais referir ou ensinar nada. E se lastimava diante do não, o não, a impotência perante o sucedido. E ao volver, contristado, para casa foi duro, difícil, para Matusalém se conter, pôr na mudez a ausência de Crisóstomo que, negra, investia pelas peças, escondendo quanto pôde de Lídia esse infortúnio. Até que ela indagou, a saudade do cão ganindo desde a porta ao quarto ficara incômoda, inexplicável. E ele disse, e os dois convulsos choraram, rebentando aos pedaços a dor, e era impossível catá-los. A saudade do cão gania. Nunca mais teriam nenhum cão, em memória do heroico Crisóstomo, para que a lacuna ou dádiva jamais fosse preenchida. Semelhando-se à reluzente bainha que vai jazer para sempre sem a espada. O cão era espada valorosa de muitos rios e fios, espada de alma de um cão que podia ser homem quando poucos homens alcançavam a glória daquele cão. O certo é que, para Matusalém, haver perdido Crisóstomo era como se lhe tirassem uma perna. Ou "a metade da alma". Sim, "o amor de amigo é a metade da alma", segundo o romano Virgílio Maro, que conheceu as agruras da guerra e as geórgicas da paz. Valia o cantar dos poetas, sendo o tempo cristal de infância nos versos, fabulador de mitos. A perpetuação de um ser no inconsciente da espécie. Naquela noite, Lídia tocou a harpa de maneira tão graciosa, em harmonias suaves, em memória de Crisóstomo, o valente cão, que Matusalém foi conduzido pelos acordes ao começo daquele mundo extinto, quando reconheceu, com a imagem, o focinho, as pupilas que se atavam às flébeis cordas da música. O tempo segue e volta com as marés.

De repente, Matusalém vislumbrou a harpa descansando. Tinha luz dentro, mesmo inerte. Luz que não enferrujava. E falou, enternecido, para Lídia:
– Gostaria de aprender a tocar harpa!
– Não basta que eu toque?
– Quero escutar outra música, que só quem toca sabe.
– Qual?
– A das cordas no silêncio.

E o silêncio imposto ao general Agripino Serpe não tinha imaginação alguma, salvo a furiosa lógica de quem não trouxe junto a doçura do triunfo. A derrota e a ignomínia desfazem o ardor da posteridade. E disso se aproveitou outro general no ostracismo, Marcílio Pomba, de olhar mais espesso do que a barba que lhe caía ao peito e pétreas retinas, retomando o poder com alguns cúmplices. Da "pomba" do nome não possuía nem a candidez, nem a arte de voejar, nem a levidade. O ex-governante foi enviado a uma prisão no quartel militar, a água e pão, tendo emagrecido e perdido uma quota da poderosa empáfia. Não só pela frugalidade alimentar, consta que a falta de poder leva também ao corte das enxúndias cívicas e morais. Posto numa cela com erva crescendo, consolava-se com os esquilos que observava atrás das grades. E que erva lhe cobriria a alma? Conduzido a julgamento, o general Agripino Serpe teve de assumir a responsabilidade da guerra, num crime de lesa-pátria. Os julgadores, sob escuras togas, emparelhavam-se nas cabeças sólidas e nos cabelos embranquecidos. Só um deles, o presidente, distinguia-se pelas sobrancelhas arqueadas como asas de gaivota. Indagaram, então, ao acusado o motivo que o levou a invadir Pedra das Flores. E a resposta veio nítida:
– Desejava ampliar o território de Limo do Desterro, trazendo-lhe uma porção da floresta.
– Não se mede a ambição – advertiu o mais sisudo dos julgadores.

E o general Agripino, com o punho erguido, para reforçar sua voz, retrucou, não sem certo nervosismo:
– Minha ambição era a pátria.

– Não! – contestou o magistrado presidente. – Todos dizem o mesmo, para encobrir os próprios desígnios. Sua ambição era o ouro e o sangue. Quantos dos nossos se foram inutilmente?
– Deus tapa os valentes – replicou com alguma soberba ainda renitente. – O sol busca a ponta das balas. Pelos valentes me calo.

E aguardou a sentença. Sua veste militar estava amarfanhada e as botas, roídas. Não teve nem a volúpia de envergar as medalhas.

A sentença veio a cavalo. Exílio na Espanha. Foi lida, com os presentes de pé, pelo escrivão. A entonação era trovejante. Com limo tormentoso nos olhos, o réu recurvado partiu, como se uma serpente lhe houvesse devorado o coração. Sem mel algum para molhar a língua.

E consta que, tão longe, foi ele adoecendo de pátria, enfermidade que os desterrados conhecem. Morreu de enfarte num hotel desconfortável em Madri. Nenhum edital nem notícia velaram sua morte. Nem mesmo a morte o reconheceu, costumando tratar assim os que ela mais prestigiava. Matusalém soube do passamento do general Agripino e não deixou de se entristecer com a sina do antigo inimigo, observando, com certa piedade, ciente das desditas humanas:

– O ódio é perigoso. Puxa para fora a alma.

Mas não. Para engano de muitos, Limo do Desterro, depois de vários anos de silêncio, resolveu transformar o general Agripino, agora inofensivo, de vilão em herói. Seus restos mortais foram transladados para um mausoléu, com honras militares. Removida a terra, surgiram no sudário de roto lençol o rosto esquálido e o corpo tumefacto. A glória tem dessas coisas irreparáveis.

Quanto a Pedra das Flores, assim que acabou a guerra, um sorriso se entreabriu na cara do povo, livre do terror e do negrume que a infelicidade cobra. E só os mais lúcidos reparam.

Noe Matusalém chegou em casa como se atravessasse um fantasma. Apenas Lídia, com sua presença, pendia igual a fruto de fogo numa árvore alquebrada, quase erma. A marca da guerra estava nas paredes desnudas, nos objetos fora do lugar, na cama desarrumada, nos sapatos atirados ao déu, no quarto. Lídia, em tempo mais árido de batalhas, hospedara-se na morada de sua mãe, Eunice, já idosa, franzina e lutadora, de temperamento doce e bom, que ficara mãe também de Matusalém. Morava numa região vizinha das montanhas, de aprazível clima. Portanto, Matusalém e Lídia assistiram à tristeza de a casa estar sem alma. A guerra entra em tudo, até na cozinha, com as panelas distantes das prateleiras e o fogão enferrujado. As casas de Pedra das Flores, ao serem repovoadas, lavavam-se de ar, com a lúgubre paisagem e as noites deslizando com suas pálpebras longas. A glória devora a glória.

A economia não dorme, tem grilo na consciência, anda de solas rotas, sofre de incontinência urinária e é de uma crise que não se aparta, a não ser por outra, inevitável. E a falta de víveres nos armazéns e nos silos aliou-se à erosão de praticamente metade da floresta, carcomida pela pólvora e pelo fogo, arqueada de mortes, dependendo agora de reflorescimento, que é mais o trabalho impetuoso da natureza. Se veredas restaram desertas, se árvores queimaram, fontes foram trancadas, cavernas ruíram, animais e aves se viram dizimados, só as palavras que pelejaram contra Limo do Desterro restaram intocadas, incólumes. Mais do que num dicionário, sua aldeia habitual. Todas elas eram viventes, como nós humanos. Até cadáveres amigos e inimigos pousavam sobre a espuma, outros na praia, ali no oceano que margeava a floresta. E tiveram sua honrada tumba. Esses mortos jamais espiariam os vivos. Nem aqueles teriam de suportá-los. Sendo a morte muitas vezes refrigério e a vida, solene extravagância. Entre fumos e lodos é que naufraga o rumoroso barco da loucura. E, no ódio, tudo vem à luz, os instintos mais remotos. Menos a luz. Os adventícios exploradores das recônditas jazidas reabriram com desusada prosperidade. Pois os corruptos, os espertos, os roubadores ou negociantes da riqueza do povo são os que se beneficiam da devastação da guerra. Que é execução sem arte alguma.

O único sortilégio, se algum houve, depois do enxofre das batalhas e da rendição inimiga, foi a ideia da governante Joana

D'Alembert de erguer uma grande biblioteca, onde ficariam gravados os nomes dos que guerrearam pela pátria e outros nomes de coisas vivas ou desfeitas, tantas e tantas, que tomariam o sentido que desejassem. E alguns sólidos, pesados livros formadores da comunidade. É a alma que dá significado às coisas e as coisas que dão significado à alma.

Matusalém abolia o anúncio da decadência do futuro e encantava o passado, como se os pusesse numa garrafa de símbolos.

Afirmava:

– O tempo, sim, se eu pudesse colocaria preso nalguma redoma. Assim nada envelheceria nem seria desfeita a forma. O tempo carece de espaço para existir. Ao se extinguir o espaço, o tempo se dilui. Ao se extinguir o instante, desaparece o espaço. E as coisas podem ser o que nós, com vento e luz, sobre elas soprarmos.

Quantas vidas tem Matusalém ninguém ousa discernir. Não se emendam amores nem ódios. E o mais são, nas cinzas, brasas.

Sem falar no que restou de trabalhadores sem mão de obra especializada. Os habitantes tomaram fuzis, fardas, investiram contra os inimigos e os desbarataram, consolidaram a democracia, mas com raros capazes de consertar um fogão ou algum encanamento enguiçado. O que valeu a intervenção, entre outros, do eficiente faz-tudo Noe Matusalém. Sendo o vau do mundo o tempo.

Depois da guerra não foram divulgadas as listas de prisioneiros de um lado e do outro. E jamais se divulgariam, com o subalterno boato de que teriam sido suprimidas, sendo a ignorância e o sofrimento um parentesco coletivo. Ou a virgindade curada a bala e silêncio. Embora todos os mortos se cubram de pedra e os vivos, de dolosa ordem.

Ocorreu o contrário em Limo do Desterro. Os mortos foram, honrosamente, devolvidos. E os prisioneiros, com as benesses e as penas da sobrevivência. Não houve contrapartida em relação a Pedra das Flores: poucos tornaram. Seria o supérfluo ou a isonomia dos epitáfios.

Para o ritual derradeiro aos mortos, esmerou-se o tanatopraxista Daniel Régis, que nunca teve tanto serviço e tantos enterros e tantos viventes desalmados. Por vocação, costume, chegou a prosperar no seu ofício. Casando, empreendeu longa viagem de férias ao exterior, sem nenhum remorso, certo de que a morte não tirava férias, mas ele mais do que nunca necessitava tirá-las. Deixou a substituí-lo um ajudante habilidoso, mas sem sua perícia. Porém, não é sabido que o exercitar gera a perseverança e a perseverança gera a experiência? Cada defunto exige o seu próprio ritual na singularidade da vida e no precipício da morte, com o luxo e a ostentação no terno de madeira ou a pobreza, a modéstia, o despojamento na ausência das oficiosas exéquias. Fred Ezequiel era o nome do assessor, magrela, de rosto assimétrico, finos braços e canelas, em cuja cabeça sobrancelhas muito grossas se salientavam. Com algum esforço lhe arrancavam uma e outra palavra. Assim pensava: "A morte não carece de fala". Repetia o mesmo processo ritualístico que Daniel lhe mostrara. A preparação do rosto final exigia certo detalhamento, o esmero indispensável para a última morada. Porque solenidade mais exata do que a vida aguardava o defunto, que se envernizava de vertigem. A repetição dos atos era o esquecimento dos anteriores. Onde o céu era o da boca, igual ao da garganta acesa de um boi. E o morto era como um boi carregado às pressas para o depósito de ossos. Ezequiel, algumas vezes, por obrigação, acompanhava o enterro fúnebre, tanto na frente como atrás do caixão, mudando, a cada vez, de lugar. O que mereceu a pergunta de um conhecido, que observou:

– Por que vais ora na frente do féretro e ora atrás, existe algum motivo cerimonial?

– Dá no mesmo – respondeu –, não estando eu dentro do caixão. E evitar o hábito é se esquivar da sorte!

Matusalém assistia sem o choque da emboscada às coisas vindas e desavindas, tendo a convicção do visto e lembrado, pois ninguém como ele conhecia a morte. Comparando isso a um balde de água, ou ao silêncio na água de um balde, tão enorme, com a roldana no poço do coração. Bulindo. A memória volta a cavalo. Volta a memória como uma pedra na pedra. E essa mesma pedra é agarrada com tal impetuosidade que cabe arremessá-la o mais longe possível, até o lugar remoto em que tombou. Ou até a verdade acontecer e nos assustar. Sem pagar imposto ao nada. Mas nem o tempo retrocede nem o caminho da eternidade. E o acontecido na guerra põe-nos à prova, por ser incompreensível, o que sabíamos desde antes. Os que não retornaram para a briosa República são incontáveis, e os que voltaram aleijados e destruídos na capacidade produtiva também foram muitos. Sobrando na passagem dos desastres e carnificinas a estupidez e o espanto diante da inabalável destreza com que a ruína solapa o povo, que é inocente e generoso, com que nos combates se confundiam o irmão e o invasor, a gola do grito e o badalo do perigo. Há na dor um rancoroso mofo. E as perdas se atropelam. Árvore o homem na morte, árvore a morte no homem. As perdas se acumulam como uma pedra em outra. Como uma pedra não cabe dentro de outra. E não raciocina a surda pedra do medo. As perdas se sucedem. Muitas famílias ficaram sem seus integrantes, filhos sem pais, pais sem filhos, mulheres sem esposo, considerando-se ditosos os que ainda acharam o túmulo e o pálio sagrado da terra. E nem ela é prova irrefutável de glória, ou sacrifício, ou bravura. Sendo os covardes postos ao lado dos valentes, com mescla de ossos e nomes. Com um esquecimento que galopa com indiferença ou apatia. Sem potes de penitência. Os doze trabalhos de Hércules são os tenebrosos trabalhos da morte, com as façanhas de encobrir, devorar, instigar os vivos, mastigar com os vermes o que é tenro e desabrigado nos lassos membros do homem, numa sociedade de ações sem quotas, em que os insetos são os magnânimos e únicos utilitários. Deus escreve novo sobre linhas velhas.

E a maioria de Pedra das Flores, fora os cativos de soturna voracidade, depois da tragédia da guerra, inscreve-se, dolorosamente, mesmo os investigados pelas autoridades competentes, no rol dos que sumiram. Ou entre os que, servil ou tenazmente, engraxam, bem nutridos, as botas de relva espessa na mais recôndita floresta. Ou tais botas revelam inaudita felicidade, aquela que seus possuidores não tiveram no mundo. Ou nem esperavam. Sem teologia, sem óbolo e sem o fumoso latim do gênero humano. E Deus escreve lúcido por linhas loucas. Ali nada se perdoa e nada se esquece. Nem se pode consertar com remendos a realidade nem a acomodada moral das nações. E elas sempre buscam algum imprevisível julgador para os seus abominados crimes. Ou nenhum, por falta de justiça. Ou por falta de água na roda do moinho. E Deus escreve direito por linhas mortas. Escreve, e o amor é o cordão umbilical de Deus.

CAPÍTULO DÉCIMO SEGUNDO
De como a pátria não esqueceu os feitos do corajoso Matusalém, dando-lhe a Comenda do Branco Arco-Íris. No auge da fama, não aceita entrar na Academia de Letras de Pedra das Flores, por não ter obra de escritor. A inesperada ação dos piolhos e pulgas e como Matusalém os combateu.

Falou-se do esquecimento da pátria, que às vezes engolfa a memória no mar. Não é o caso de Matusalém e de outros bravos. A governante Joana D'Alembert baixou um decreto reconhecendo os serviços ao país de alguns patriotas, aqueles que mais sobressaíram na guerra, conferindo-lhes a mais alta condecoração, a Comenda do Branco Arco-Íris. Na recepção no palácio estavam Matusalém, com engomada farda de comandante, e vários companheiros, todos perfilados. A governante, de pé, com traje de gala, era acompanhada do seu ministério. A medalha de ouro brilhava no céu do peito como Vésper. E Matusalém reparou que a glória era sozinha. Lembrou que ali deveria estar seu cão Crisóstomo, que, não carecendo de medalha, mastigaria a glória toda num branco osso a cintilar no céu da boca.

Matusalém aceitou feliz a condecoração. Seria posta na parede de sua casa, junto ao berrante. E ao caramujo que ali se alojara num nicho. Tinha verdade firme na coragem, manejando o gatilho na guerra sem se eximir de atirar. Pois, ali, o que não mata antes é morto. Basta um him de tempo e se deixa de ser vivo. Tinha labaredas na boca. Ao se acabarem as palavras, os sonhos trabalhavam. E a guerra nunca soube raciocinar. É ignorante de nascença. Ou enlouqueceu na infância. Em território virgem, muitas coisas precisam de nome. E são nomeadas no acender do rifle. Ou no apontar dos olhos. Começam a ter vida própria no limite da árvore do horizonte, na virulência em que se joga entre existência e morte. O confronto entre o que tomba e o que resiste. E foi quando, ao ser indagada a idade da morte, Matusalém entendeu que ela não possuía idade. Mais do que Pedra das Flores, sua pátria era o gênero humano, que não se distingue de uma vagante estrela, pelo círculo do céu. O perecível podia ser eterno. E os homens, os animais e os sonhos, todos são estrelas. Onde se riscasse com a mão, começava a ser luz. O universo é tecido de universos. E Deus caminha, imóvel.

Ao se destacar como herói na guerra contra Limo do Desterro, Matusalém foi procurado em casa por dois imortais da Academia de Pedra das Flores. Queriam que se candidatasse à vaga de um saudoso confrade. Vieram com afabilidade circunspecta, levemente solene. Um deles contraía a bochecha esquerda ao falar e o outro, indiático, tinha olhar impassível. Matusalém, com cortesia, disse que era apenas um biscateiro e não possuía obra publicada, agradecendo ao aliciante convite.

– A falta de obra não vem ao caso. O senhor é uma personalidade que sobressaiu em defesa da cidade.

E ressaltaram, de forma veemente, suas virtudes cívicas e morais. Ao vê-los, Lídia, com atilada alegria, entrou na sala, cumprimentando-os.

Matusalém não aceitou por convicção de que a vaga pertencia a um escritor. E explicou:

– A imortalidade é um caminho demorado. Tão demorado que é difícil alcançar – frisou, com voz calma e definitiva.

– Mas basta que se candidate para achar a imortalidade – insistiu o mais robusto dos dois, completando: – Ser imortal é bem viável sem esforço.

– A imortalidade – respondeu Matusalém – está nas palavras que nos fazem durar.

– E quem pode dizer que as palavras não o amam? – balbuciou o outro visitante.

— Vós tendes, é verdade, vossa respeitável imortalidade. Deixai-me ficar com a minha. Sobretudo, a de ser humano.

O que podia resguardar de imortalidade Matusalém não conhecia nem nisso tinha interesse. Já era resistir, uma moita de apuros. E se acostumara a ver na escureza. Por seu ofício, ou ciência de utilizar a mão na harmonia e conserto dos objetos, acreditava mais no instinto do que na inteligência. E achava que a petulante ou exibida inteligência, naturalmente burocrata, era o motivo de certa cultura ser incapaz de assumir novos rumos, por não saber o que fazer de si mesma. E nem dela os outros. Quando Lídia quis averiguar — e a curiosidade tem lábia feminina — como ele via a estupidez e a imbecilidade, disparou:

— Não se confundem. A primeira é contra o próximo e a segunda, contra a própria pessoa.

E contou-lhe, não sem comiseração, sobre um colega de colégio, o Bibe: grandão, cabeçudo e de olhos doces. Simpático, sorridente e idiota. Certo dia, o especulativo professor, no auge do entusiasmo, pôs-se a tergiversar com os alunos a respeito de vocábulos. E alinhou no quadro-negro a palavra "bule". Mas a letra do tal mestre não era modelar e, diante daquele garrancho mal traçado, Matusalém perguntou a Bibe, confuso, o que escrevera. Depois de pensar, circulando o olhar pela sala, ele sussurrou, entre cautela e medo: "lamparina". E acrescentou:

— Lídia, a diferença entre bule e lamparina é igual à que existe entre a lucidez e a imbecilidade.

E calaram os dois. Não se tocaia sem perigo a invenção.

Mas não se arremete à toa o perigo? Ele vem no sossego, sem juras de amor. Veio, sim, depois da guerra dos homens, na guerra das pulgas e piolhos, provando que as grandes naturezas não podem produzir coisas pequenas e as pequenas podem produzir coisas grandes. E não se pode entrar duas vezes na mesma sombra. Mas esse não é o avulso rastrear da estupidez? Como não há vocação no desespero, boatos alarmistas denunciavam nessa invasão um ato conspiratório multinacional para matar a velharia e o sanitário atraso. O recurvo entomólogo Horácio Vergel foi chamado com urgência para explicar o surgimento da aluvião dos parasitas em Pedra das Flores. "Foram sobreviventes", anunciou, "grudados no corpo e nas roupas dos que voltaram da luta na floresta." Sim, larvas semelhantes às lagartas evoluíram em casulos de temperatura tropical e, em lapso breve, estavam em casas, sótão e porões, junto à acordada epiderme dos habitantes. E não os abandonavam, a ponto de se avaliar que algum sigilo os ocultava. Ou apenas cada um reivindicava o direito às próprias pulgas. E o coçar-se era como se revelavam.

Na aprazível praia humana, eram considerados por juristas de plantão como *res nullius*, ou restos de areia unidos à margem. O certo é que torrenciais parasitas desciam pelas grades das moradias, com pontas de aço, por onde se via transitar, triste, o dia.

Matusalém não aceitou sua intrusão. Expulsou uma horda de pulgas que se alojara no armário do quarto, entre sapatos, ternos e calças. E foi catando, cobiçoso, as que resistiam. Não era um domador, mas elas se mostravam obedientes, como se num picadeiro de circo se exibissem. Ou talvez quisessem que ele as sustentasse, teúdas e manteúdas. Matusalém as expulsou, reprimindo qualquer arbitrário sentimento de posse. E consta que algumas delas mendigavam nos pelos de cachorros e gatos, para atingir lares e famílias, sugando o que podiam. Sugando.

Seu maior argumento era o de se apresentarem insignificantes.

Apesar da demora, o governo republicano determinou o afastamento dos cidadãos das pulgas, ou de sua insinuante, doída melancolia. Havendo pressa de parar o tempo.

O que poucos assentaram é que a evolução das pulgas trazia no seio vingativo gênio contra a civilização. Com a fantasia que assaltou várias mentes e que o visionário inglês William Blake já vislumbrara: fantasmas de pulgas com corpo e cara humanos.

Uma cega batalha se deu: piolhos, caranguejos mínimos, com ovos incolores, avantajaram-se no couro cabeludo e no pescoço de muitos, e as pulgas se revezaram pelas ancas e pernas. Aqueles queriam descer e estas ascender para o cutâneo esbulho. Na controvérsia, não havia vencidos nem vencedores.

Os cidadãos, solidários, começaram a tirar os piolhos e pulgas uns dos outros. Em comum empreitada, como se tirassem o mal de entre eles, tiravam. E, na rua, ajuntavam no fogo o que em latas recolhiam.

Isso não impediu que teimosos pesquisadores se debruçassem sobre o mecanismo laboral das pulgas de média inteligência. As que possuíam privilegiadas ideias, capazes de influenciar pessoas e sonhos, metiam-se nos colégios e nas universidades, ou discutiam com a volúpia das orelhas o consumar da ciência, ou armadas de intuição acoitavam-se na umidade das axilas, interpretando o adquirido direito de ficar.

Pressionada pelas circunstâncias, Joana D'Alembert assinou uma lei prevendo o fim dos parasitas, tomando medidas tão drásticas que seus hospedeiros deveriam manifestar-se, sob pena de também serem caçados pela inquisitória Saúde Pública. Porque alguns assumiam de tal maneira a identidade de pulgas e piolhos que mal conseguiam dissimular o que levavam, sendo delatados na turbulência da voz. Mas que peste é capaz de ser expulsa por decreto?

Matusalém, porém, tanto se aborreceu com a epidemia e o germe fincado na espécie dos humanos, também sua, que interveio, mediante um processo que se reiterava, inimitável, por ser mágico. E, diante de testemunhas, riscou na terra o círculo, riscou convicto e ouviu alguém gritar: "Segura o chão!". E o chão se alevantou. Foi proferindo, tal se saísse das entranhas, a palavra, palavra que voejou e foi puxando, como um ímã ao ferro, puxando para fora dos corpos e vestes as pulgas e piolhos, que vinham céleres. Vinham para fora da cidade, retirados no vento, depois com o redemoinho. E tudo, tudo, tudo se acabou. Fica gravado que só na palavra o homem pode ser a boca de Deus. Só a boca da palavra pode trespassar o avesso do homem. Só o homem pode se atravessar de palavra. Só a palavra não pode mais descansar nem no sétimo dia.

CAPÍTULO DÉCIMO TERCEIRO
O ditoso nascimento de um filho, Noé Eleazar.
De como o menino cresceu e se educou. O bicho-de-pé
do garoto, libélula negra.

Após os desarranjos e desvios da guerra entre homens e o atropelo em marcha das pulgas e piolhos, a travessa e severa paz reassumiu na societária Pedra das Flores. Com a luz que não se desmancha no engatilhar da alma. Ainda que Noe Matusalém e outros fossem atingidos até no puir do silêncio, esse mesmo – nodoso, perseverante – que se descarna sob as pegadas da noite.
Foi quando também, como água, a fala de Matusalém na andante popa da sala caminhou, caminhou na direção de Lídia:
– Não temos de perguntar aonde a vida nos leva. Nós é que devemos saber aonde levar a vida.
Deitaram então os dois na vinhosa cama, enlaçados, com o mesmo ardor dos começos, juntando a nudez de um à de outro, e se engolfaram nos corpos, num ritmo de júbilo e gozo, como se almas descessem a foz da verdade, que um compreendia ser a do outro. Com todas as verdades do firmamento, dos cometas atravessando séculos, onde o amor reinava exultante e pleno. E os sinos, sinos da semente, o bruxulear de colmeias na fala que se fez comum, especiosamente luxuriante e jovem. Amor era a força e a doçura, a posse e a entrega, o rodar do espírito na matéria e da matéria no espírito. Quando um apertava a mão do outro, eram candeias, távolas sem reino, onde a identidade de um osso achava a chama de outro. E a música pendular ressoava.

Um morando dentro da branca sala de outro, o poço de seivas, a varanda do beijo, a germinação de violetas na bacia das pernas, o latir do amanhecer nas juntas, o translúcido ar plantado de boca em boca, a impalpável corola, tudo e ninguém e gerações. Sem ruga o amor, como um cavalo correndo entre dois equilíbrios, branco cavalo de nuvens, neve cortada e vibrante, neve de alturas, neve caindo de uma brancura à outra, fogo de neve.
– Tu me completas – falou Lídia.
Matusalém não falava, arrojado na pele de plangente carnadura, arrojado. Só respirava, até o suspiro final, ao dizer a ela, a todas as artérias da mulher:
– Eu te amo!
E nada mais, nada. A eternidade cessou de fluir. Um nada de ouro, o ouro, o ouro caviloso da manhã nos lábios. Estavam juntos. Estavam em Deus.

Foi tão intenso o sono dos dois que, ao acordar, estavam almados, leves, límpidos. Os rostos se pareciam, os sorrisos se aliavam, como num ramo os lírios. Levantaram-se ditosos e tomaram o café bem forte, o pão redondo, a maciez dos frutos, o caloroso leite. Apenas Crisóstomo faltava ali, o cão. Ganhara uma fotografia na sala, como se olhasse, terno, para ambos. Lídia e Matusalém atravessavam, de mãos dadas, o limiar do paraíso. Quando, ao ver tudo demasiadamente, começamos a aprendição de ver.
Matusalém saiu na rua, passando pelo portão de ferro, o pequeno jardim de dálias e o céu eram verdes, absurdamente verde a praça, as pedras ficavam verdes. Um passarinho verde pousou num galho e o coração batia verde, verde. Pesava a mão do coração. Naquela manhã, para ele passada a ferro e verde, Matusalém fora consertar a pia do banheiro na casa de Hamilton Siqueira, químico, professor, enamorado da doutrina do pensador dinamarquês Søren Kierkegaard, que publicou *Temor e tremor* sob o pseudônimo de Johannes de Silentio, admitindo ser um consolo lutar contra o mundo e um espanto terrível lutar contra si mesmo, vaticinando a solidão como responsabilidade

do herói trágico. E, de repente, enquanto Matusalém corrigia o bojo da torneira, segurando a fala, entre nuvens, viu inexistirem regras na luz. E a fala de Hamilton era vermelha, vermelha, com voz um tanto fanhosa, como disco arranhado. Mas sorria e era baixo, magro, trazia costeletas de cantor de tango. Lutou contra Limo do Desterro e seus invasores, saindo ileso. Sorriu ao ver arrumada a pia e a torneira e tinha a fala queimando, rubra, fumosa. Admirava aquele faz-tudo de elevado porte e bravura, tendo estado com ele durante a luta da floresta. Viver é alongar apreços. E a surpresa de Matusalém, ao retornar à casa, foi continuar a ver tudo verde ao redor. Pensou: "Talvez esteja enverdecendo a minha sina. As Parcas estão generosas e o tear, frondoso. E as linhas, também elas verdejaram". E sorriu para o verde vento que resvalava com os pés descalços na relva do horizonte. Depois pensou: "Tantas coisas sucederam que nem sei mais o que sucederá. Debaixo do tempo é destilado o vinho das mais castas uvas. É puro espírito". Então não quis mais pensar em nada, com o cuidado de sentir certa felicidade, igual à água limpa da fonte que jorrava por dentro. E que não era verde.

 Mas verde e bem assombrada foi a notícia que Lídia lhe deu: vinha uma criança! Ele pegou com a mão, como um pêssego, aquela palavra também verde. E sorriu muito no dia e adiante. O amor lhe pregara a peça de um filho. Não percebia nem o ar suculento de azul. E foi vendo, aos poucos, o enigma porfioso da natureza em Lídia, que se inchava no azul do azul de céu voando. Com a pele esticada de uma fruta, com significação que lhe ultrapassava. Quando Lídia se olhou no espelho, viu-se noutra, muito ancestral, sua mãe. E eram mais audíveis os grilos e as cigarras e o gorjear de bem-te-vis. E Lídia não existia mais de soslaio, era íntima das árvores e dos montes, íntima do mar. Pousava num centro vivo, ficando deitada quanto podia, carregando o peso de um ser com girassol nas entranhas. Seduzindo-se com o verde, azul, afundado silêncio que subia e descia em seu corpo. Concentrava o bojo irrecusável de um milagre. Com o repleto amor. Matusalém sabia com que céu a semente viera e quando. E se compunha lentamente o filho, escrito nas profundezas, tendo retornado naquele ato de gerar a semente de Matusalém ao ventre, como Moisés no cesto, singrando as maternais águas. Nas semanas se dilataram as formas do menino, com fluidez e siso. E o alento de Matusalém, imenso, pouco dado a essas cantilenas paternas, perdia-se nas diligências. Cuidava até de pensamento o menino na raiz firme. Tocava na redondeza, no casulo onde sua mulher orvalhava esse filho de oito meses (com os dedos e a luz confirmando, era conta severa) que iria nascer no começo de outubro, entre dez e onze. Pressentia os fluxos, os marítimos pés, o empurrão do menineiro barco na enseada. Matusalém entendia de fora o coração que batia tão rente ao futuro, batia, como se o escutasse. Adivinhava que no brotar do filho a infância toda lhe seria devolvida. E veio, num largo e vincado grito, veio à luz, veio o garoto. Quando a parteira exclamou "Que menino! Vejam a cicatriz na testa em forma de cruz! Um sinal", Matusalém à primeira vista estranhou, observando melhor: faltava um vinco para a cruz e a marca se compunha de traços de dentro da pele, encardidos, iguais aos de quando se afiava um canivete no tronco de uma árvore. Lídia fez que nem reparou. Leitora inveterada de *Tristão e Isolda*, queria dar ao rebento o nome do lendário Tristão. Mas venceu a escolha do marido: "Noé Eleazar", para ele nome-constelação. O miúdo não deu trabalho para sair. Pronto, como a romã no caule. Brilhava ao chorar, parido. Tapado de lua. Chorava com luz na boca. Lídia não se continha de alegria. Também o sisudo Matusalém, a quem ser pai era o mais nobre e suserano título. O menino mamava com sofreguidão os seios da mãe. Sorvia o leite farto, saciado. De reluzente alvura. Não ocultando a intérmina fome.

E foi à beira do filho, Noé Eleazar, que Matusalém se lembrou dos versos que na escola guardara, da chilena Gabriela Mistral:

Por que dormes, filho meu,
o caminho emudeceu:
ninguém geme, salvo o rio;
nada existe senão eu.

E estacionou o tempo para contemplá-lo. Era a cicatriz que adormecia, mais do que ele. E os ouvidos dos olhos de Matusalém estavam bem despertos do sonho, que era grande. Sim, o menino mexia-se na cama, tapado de lua. A lua sobre a inerte harpa. E depois engatinhava – de um braço a outro. Nas descobertas de espaço, dificultadas pela fraqueza dos pés. Com uma noite madura e verde que descia sobre as pupilas nas letras iniciais. E o balbuciar de uma poética que se inventava nas consoantes e vogais voejantes, desarticuladas. A palavra e a coisa se desconectavam. O menino arquitetava sentido, e o sentido era um guarda-chuva que ele não lograva tocar. Quando começou a compor alguma frase, Lídia e Matusalém se achavam cúmplices naqueles atos soletrantes de beleza. A verde língua no ar de uma pequena, incrível humanidade. Depois a criança passou a desenhar e todas as páginas tinham a esfera do sol abobado de traços perpendiculares, que se traduzia nos raios, jamais verdes. Noé contemplou a casa escura e falou devagar, com entupidas sílabas:

– A casa está murchando, pai!

Um certo Vico, que acriançara os símbolos, afirmava ser a metáfora o princípio da linguagem. Ali não estava espírito nenhum, muito menos o crítico que antes desgostava das metáforas, era o pai encantado com as geringonças da imaginação de Noé. Observava as formigas na relva com um pedaço de vidro. E falar era a artimanha do menino no homem e do homem dentro do menino. Não havia ainda um pensamento lógico e Noé apalpava os furos de meias gastas, como se o universo tivesse remendado as meias furadas do firmamento. E os vocábulos tintilavam e se encontravam entre si. Mas principiou a ler primeiro, livros de letras grandes, com linhas a serem completadas. Depois os livros de Tarzan, *A ilha do tesouro* com seus piratas, as histórias de Robinson Crusoé, Gulliver. O que não entendia pedia explicação ao pai, porque o ato de entender não é da inteligência. E mentir – insistia – tem pernas curtas e tortas. A razão é estreito funil. Ou tonel no quintal de um alfabeto desletrado. E teve de contar, utilizar tabuadas, perito em números, como se fossem eles que o houvessem inventado. Adolescente, Noé Eleazar, num monte de areia, diante de casa, pegou bicho-do-pé no dedão esquerdo. E começou a coçar:

– Pai – disse –, um inseto me rói o dedão do pé! Está cavando, cavando!

Matusalém o conduziu a um médico, que, com bisturi, retirou a libélula negra sob a pele avermelhada. Ou igual à breve casca de cinamomo, com o vento farfalhando lá fora. Ou talvez o vento bulindo no buraco do pé. E o pai lhe murmurou:

– Cuida onde pisas, Noé! Imagina que foi tirado um grito, como espinho, da caixa de grilos dos passos. O perigo, mesmo pequeno, morde.

Os seus olhos andorinhas pararam grandes sobre o ramo, debaixo do tatalar das folhas. Com a cicatriz quase falante. Noé Eleazar buscava o atreloso sentido das coisas e nem sempre Matusalém o convencia. Jovem, indagou-lhe sobre a imortalidade da alma e a existência de Deus. A resposta foi a de que ele precisava sozinho descobrir. Como os primeiros fiapos que cortou no carpir da navalha. Pairava, sobre a cama de madeira talhada de Noé Eleazar, o desenho náutico de um timão e uma bússola. Junto à parede, o berrante, um caramujo no nicho. E além, pendendo de um prego, a condecoração, Comenda do Branco Arco-Íris. Coube a Noé apropriar-se dos fusíveis da imaginação que iluminam o solar da alma. Sem deixar Matusalém de admoestar-lhe a respeito do jardim zoológico de homens grandes e pequenos, animais, insetos, ou de mostrar-lhe a prudência comunitária das formigas que compensam o tamanho pequeno com monumental ordenação. O que de viver se repete repete muitas coisas, ou mistura outras e há que saber distinguir. O pai ofereceu-lhe um dicionário para manusear vocábulos, atentando para a frase do francês Jean Cocteau: "A obra-prima da literatura não é senão um dicionário em desordem". Mas poucos são capazes de conjugar palavras a ponto de criar uma obra-prima, ainda que todas se deitem no sono do dicionário. Falou-lhe dos sentimentos contraditórios do mundo, entre ódio e amor. Quem há de fugir dos invejosos? Ou dos perversos?

Nem ele, Matusalém, podia. O que se destaca é alvo de peçonha e perfídia e dos cantantes dentes da cascavel. Achava que a reputação se alteava em sossego, acima do juízo dos homens. Mas não deixava de indagar-se:

– Como, no gastar da inveja, a virtude há de ser firmada? O que é livre não conhece essa anomalia de alma!

Só um dia, no escondido, não se susteve e quis levitar, essa ansiedade de alturas que o fazia leve. Rasgou o solo com a palavra e saiu voando sobre as árvores da rua, mesclando-se a dezenas e dezenas de pássaros em revoada, pombas, sabiás, canários, a ponto de dar a impressão de que eles o suspendiam no espaço, quando o espaço é que se suspendia nele. Ou ele de repente se tornava espaço. Até descer, sem ser visto. Era o ato mais íntimo e não devia ser revelado. E viu que, desde o nascimento do filho, Lídia mudou no soante bico dos seios que inflavam. O leite era a fala. Faminto, o filho exercitava, ali, a sofreguidão do absoluto, com murmurantes olhos. E Matusalém o embalava igual à cadência de remos num veleiro. Depois era o próprio Mar. E esse não cabia em si, ao se amedrontar de tamanha alegria. Se o mundo estava acabando, agora principiava, sendo gerado, tão antigo. Que as coisas começavam de amor. E amor não tinha rua, sendo precoce amansador de marés. Com a história: reino dos vivos sobre os mortos. Tudo há de ser de novo imaginado. E o universo, idioma em constante conserto e equipagem. E não é este escriba que vai nomeando tais coisas, é Noé Eleazar que tomou conta de si mesmo. Com as palavras que o antecedem e transcendem ou mudam, e o perigo de que, sem atenção, elas se precipitem da boca antes de ser ditas. Ele só possuía a pele de crescer. Sem erro de cálculo na luz. Como um tronco roído de begônias, onde cochichava o entardecer, aplicando na brisa os ouvidos de dentro, os ouvidos caramujos, sem gota alguma de medo. E falava de igual com a pessoa branca branca da manhã. O sagrado só é tangível com os lábios. O sentido era quando já não existia mais sentido. E o vivo é o que se mostra mais fundo. Ou corrosivo. Correndo às vezes para o fim ou começo do mundo. Com a saudade do que vai sendo descoberto, como se visse na lembrança o invento. Ou o invento modificasse a lembrança. E o tempo era bondade. Sim, Noé Eleazar tomou conta de si mesmo, tomou conta do silêncio, sem pesá-lo. E mal lograva tomar conta da cicatriz que parecia querer andar por seu rosto, ébria, como se pertencesse a um outro, impalpável. Açulado entre nada e tudo. Com a ideia fixa dos seres errantes.

Audaciosas são as coisas, algumas incrédulas, outras prestimosas ou amotinadas, e tanto que, ao atiçar dos vocábulos, arranham no seu firmamento uma estrela em outra, atingindo som próprio. Ou, nas voltas, deslizam nas correntes da Lua. Porque as coisas se alongam em Matusalém, sobretudo na docilidade com que a ele se entregam. E a força está nas coisas, a força está nas coisas, a força está nas coisas. Somos maiores que as coisas. Lídia e Matusalém pararam, maiores ainda, num pequeno arroio depois da praça. E, de repente, o rosto dele e o dela se inclinaram, a lua em cima. Então a imagem de Lídia, de cabeça para baixo, olhava do fundo da água. E um cavalo branco cuspia negras sementes. Nada mais importa se o amor preserva a inocência e se ambos, juntos, guardam palavras na inocência.

Matusalém e Frederico Sória, num boteco do bairro Tordesilhas, almoçavam. Eram conhecidos desde o colégio. Calado, prendia muito a fala, como se ela custasse caro. E era cara a vida, por dia. Lancharam numa mesa, ao fundo, junto à encardida parede. Frederico carregava um labirinto nos ombros e na cara seca, soturna. Redonda a cabeça, a vista direita com um tapa-olho (avariada no ataque da diabetes), continuação do labirinto, fato notório pela raridade, lembrando o do famoso general de Israel Moshe Dayan. Frederico perdera, havia pouco, o progenitor por enfarto. E não se resignara:

– A morte – disse – não tem postura nem se mostra decente. Descobri que é irracional! Ao levar Fulgêncio, meu pai, levou muito de mim.

– A morte não pode fixar os olhos dos que transporta. Deixou de ser curiosa.

– Por quê? – ponderou Frederico.

– Porque, se olhar, fica cega.
– Cega?
– E, se continuar olhando, a morte enlouquece.
– Mas a morte já é demente e não sabe.
– É o morto que enlouquece a morte.
– E qual a grandeza de quem se afunda na terra?
– A grandeza invencível da semente.

Leitor, que grandeza é afiável como lâmina? Não se afia a alma, já tão aguda e cortante. Nem uma alma noutra. E, para Matusalém, nada se apequenava, nem seu modesto ofício de faz-tudo. O que organizava era no espírito. Mesmo que fosse para outros ambição ou crime, queria ser o melhor. O experimentado Cervantes afirmava que "as profissões mudam os costumes", mas para Matusalém são os costumes que depuram as profissões. E era na sua quaresma o venturoso pecúlio. Tendo as letras de viável felicidade pagas e a promissória da boa-fé jamais vencida. Era faz-tudo no arcabúzio de acudir materiais danificados, arrumar chuveiros, móveis, lâmpadas, torneiras, armários, manuseando madeira, alumínio ou ferro. Mesmo encobrindo o ser contemplativo, mais da natureza e, por acréscimo, dos vocábulos, porque uma não se aparta do outro, com as ferramentas capazes de lidar com os apetrechos e detritos do idioma. Podia enxergar pela fechadura os verbos não defectivos de Deus. Mero desemperrador de nuvens, pias, vogais. Banqueiro de adverbiais estampilhas. Mas a língua é o que não está pronto e começa a enverdecer. E enverdece, enverdece e são canos que se conectam, como um osso noutro. O osso da língua é o osso da alma. E ver com vistas novas o sucedido provinha do menino intacto, do guri no burrico da brisa. Guardava na lata grilos junto à merendeira da escola, guardava insetos e horas, ou a imagem da cabrita branca que sumiu no vento, carregava vento, sendo tudo pampa. E o que sabia de si era um caroço que endureceu. Um caroço crispado de orvalho. Os enrugados olhos de um elefante de dentro do universo fitando. E a memória é um elefante que volta para o lugar de infância. Memória de elefante é a do amor. E Matusalém era de uma raça sobrevivente, uma raça que não aceita morrer. Um elefante que tinha um córrego nas abas do coração. Ou nas abas escorregadias da noite. E assim, no vagar, Matusalém se calibrava, olhando para a mulher e o filho com um tempo que não tem greta. E também nunca está pronto, nunca está pronto nem precisa de sentido. Mesmo que, lá fora, ainda haja uma frincha avultando onde não se vê o tempo. E, longe, nos espreitando, aquele que, sem olhos, deseja obstinadamente nos ver.

CAPÍTULO DÉCIMO QUARTO
Vocação náutica do filho, que se formou em Oxford, na Inglaterra. E de como Matusalém lhe censurava a falta de medida ou excesso de imaginação. A seca na cidade, a radiosa água da condição humana e outras considerações

Quando Noé Eleazar estava crescido, com os traços do pai, os olhos da mãe, passando a dizer palavras, pesá-las na boca, pegando-as na mão de limo e silêncio, foram elas, de início, que não o entenderam. Porque é preciso antes a beata, langorosa descoberta. Elas não o entenderam até entendê-lo demasiadamente. Seu pai também carregava a verdade de que "há que saber nada para compreender tudo". Ou as palavras nos caçam. E o tempo agora era um coelho sob o buraco troncoso da manhã, enquanto Noé corria atrás dos pássaros e das borboletas, deitava-se na relva e o céu era tão perto que tinha a impressão de tocá-lo, apalpando nos cogumelos de brisa carameladas nuvens. E não se acostumava apenas com o voejar do pardal, queria saber o que desfechava sua queda. "O que está dentro precisa sair!", admitia Noé. "E o que saiu há que navegar." Gritava nele o que não sabia, e era um casco de navio a alma. Quem monta na aurora não pode apear.

Desde cedo, Noé Eleazar demonstrou sua vocação para construir pequenos barcos, com a ajuda do pai, pousando-os no riacho, sob o arredondar da floresta. Com a mesma aptidão de rastrear o vento, de garatujar embarcações nas páginas, tendo o equilíbrio de quem entra em uma flor. Matusalém matriculara o filho no colégio fundamental de Pedra das Flores, mas sua inteligência era tal que comentava com os mais afamados mestres da escola assuntos de descontraída matemática, contando com certa experiência antecipada, o que julgavam vertiginoso. Noé Eleazar se munia em casa de livros sobre Einstein e Bohr (esse último um tanto estranho para os professores), preocupado com a relatividade, as partículas suspensas num líquido e a mecânica quântica. Atordoava com essas matérias, sem explicar a forma como conseguira alinhavar tantos conhecimentos. Noé Eleazar apenas dizia, modesto:

– Como o espaço age sobre a matéria, minha mente é um navio. Quer velejar!

Cumpriu todas as disciplinas do colégio com sapiência, num grau de raros antecessores entre os alunos. E alcançou a maioridade com estatura física quase tão gigantesca quanto a do pai, tendo sido premiado com láurea: ganhou bolsa do governo para formar-se em Oxford, na Inglaterra. O que ele mais desejava era entrar para a Marinha, mas abdicou a favor de maiores estudos sobre ciências físicas e náuticas, como se fossem a filosofal pedra do destino. Não se gastando em amor, que considerava um acabado tipo de enfermidade. Repito: não dava nada ao sisudo amor, nem trégua. Com discrição tenaz. E suas não frequentes cartas aos pais eram azuis e inacabadas, sem especular quantias de alma. Confessando: "Para fora me puxa o mundo!". E o medo, se o tentava escoicear, era um burro com pancadas na borraina da sela. E confirmava: "Medo não se atravessa: traiçoeira é a calma parada!". Nada começava terminado. Nem lugar de neblina. Separando-se com o gaguejar da escuridão.

Noé Eleazar, instado por companheiros de universidade, contra os padrões cívicos de seu pai, tentou ser comunista. Mas o senso de realidade o esmagava e não sabia onde achar o pretendido espírito de classes nem a supremacia do operariado na imaturidade quase permanente da espécie humana. Isolava-se com gentileza e sem arroubos nos livros. Entendendo não engolir o marxismo, nem o marxismo era capaz de engoli-lo, por total incompatibilidade. Ao não servirem aos desígnios que procurava na ciência, não serviam para nada. Muito menos à ebulição da felicidade. Tal um trovão que funga na ossada da árvore. E é segunda natureza. Mas era descalço no universo. E a história, para ele, não passava de reprodução dos terrestres sonhos. Desconfiando que o progresso vinha mais pelos ouvidos do que pelos olhos, onde o buliçoso espírito desce. E a ciência é o desdobramento de uma exclamação. Ou o tocar de trombone com o caracol das desusadas pesquisas e manuscritos – um tanto ilegíveis – às costas. E, se gênio, segundo alguém, é paciência e impaciência reunidas, Noé Eleazar se munia desse tipo de infortúnio que se despluma com a luz. Ou é igual ao fogo que se apaga com a neve. Se Noé acaso olhasse para fora das divagações, a lua lhe haveria de ser vaca pascendo no campo, sem metafísica alguma. Com o discernir mais arguto do que lograra verbalmente formular diante da inclinação ao pensamento abstrato e matemático. Por si próprio o tempo absoluto flui sem referência à coisa externa. E havia o mistério de não haver morte no céu, no que Noé Eleazar reparou. Com pássaros que comem peixes e insetos, ainda que o céu se canse de a si mesmo ver. E o tempo é um buraco. Há que escavá-lo. Ou um tatu, que fungando rasteja para dentro da toca, à espera de ser expulso. Havia buracos até nas nuvens. E o parir da tempestade. O que é a alma sem a ciência de navegar-se? Ou a prudência de não virar ao belicoso avesso a luz.

O que perturbava Matusalém, em relação a seu filho, era a falta de medida. Ou quanto a imaginação pode ser demência. E demência, a imaginação. Se essa viesse antes daquela, não havia nada a temer. Mas, se ocorresse atraso no percurso, sujeitava-se a explodir. Nada mencionou a Lídia, porém teve o pressentimento de ser ele feito para grandes coisas. Ocorrendo-lhe o que guardara de memória do padre Vieira: "A maior glória de um pai é ser vencido de seu filho", porque o fruto não se eleva longe da semente. É preciso "nascer pequeno e morrer grande para chegar a ser homem". Querendo no filho um patamar de humanidade onde raros fincam o pé. E veio-lhe à mente quanto a viagem de Eleazar lhe sacudiu e girou, volteou por dentro. Então se abraçaram muito e a mãe chorava à chuva, o oceano saía do chão, quase voando, o navio grande botava a cabeça para fora, apitava, e o céu, maior, rugia. Noé Eleazar abanava a mão, cada vez mais longe. Estancando igual a uma ave no azulado ar. Depois o navio era um ponto a mais, uma formiga sentada no galho da árvore do mar. Matusalém e Lídia se olharam e tudo era dito no sibiloso vento. Foram-se de mãos tácitas, acatadas. E a dança do oceano se deslocava, até restar imóvel como um felino sobre o penedo. Com o reboar da voz de Noé: "O sonho é maior do que eu. Que a imaginação não enlouqueça!". E Matusalém e Lídia falaram entre si como um segredo marulhando. Ao perceberem que chovia ainda e que a mula da tarde tinha cargas de água em nada se alteraram, salvo em retardada saudade que apertava. E, na casa, cada aposento tinha o nome do filho, rastejo de sua presença com alguma roupa no varal ou no espelho avariado de imagens, livros que na sala se amontoavam, entre gravuras, os números espalhados. Além do veludoso som da harpa, que não tem música nem correias presas ao esquecimento.

Matusalém, desde a viagem de Noé Eleazar, caminhava horas para onde, da cidade, era visível o Mar. Isso se tornou habitual, como se buscasse no horizonte as pegadas do filho.

Numa dessas idas, assistiu ao transitar de uma carroça que rumorejava como um instrumento de cordas, com os bois à frente, quase humanos. Veio também a lembrança do cão Crisóstomo que o acompanhara, aos pulos tardos e azuis, com focinho irrefutável. O que não acontecia agora com Lídia, já cansada, com o vau de um reumatismo na perna esquerda. Os mugidos cortavam a saudade ao meio. Melhorava quando aportavam notícias londrinas numa letra grande, semelhante à sua, com vocábulos num inglês embotado com muitas pupilas no gibão das entrelinhas. Ao lembrar do filho na infância, Matusalém suava de amanhecer, tal um cavalo relvado no pampa. Quem monta na aurora não pode apear.

E o desabafo tisnava a voz de Matusalém, que pensava alto: "O amor jamais há de ser uma linha reta. Quantas vezes é longa interjeição!". A tristeza também tinha estupidez. Falava e pareciam cair flores das árvores sobre suas palavras. E palavras nos troncos das árvores?

Mas, se alguém o visse melhor, junto à nogueira, presenciava seu murmurar prolongado e sozinho, com os lábios e o resto do corpo, como se na fala catasse margaridas. Até a nogueira balbuciava consoantes e vogais insones.

Vai, Matusalém, o homem não é coisa. Não é coisa o homem! E o Mar se estica de Mar, como se carregasse uma pedra na testa. Há que não se saber nada para entender tudo. O que adoece é o sonho, e a infância vai toda pendurada de existências. Não encurtamos de viver, Matusalém, vai! O homem não é coisa! E debaixo dele, como de uma pedra, o que se encontra?

Matusalém não tinha meio-dia entre as certezas, ou elas se voltavam contra ele. E não guardava atrasos em ver. Numa das visitas ao camarada Mar, deu-se conta de seis pescadores. Depois estreitou o peito do Mar, quando outra parte vagava com o balanço da verga, sob o soberbo Sol. O barco ancorou com a cabeça abobada na margem e os pescadores se atiraram na água, arrastando a rede com peixes. Era como se os apanhasse com os dedos da imaginação, que igualmente não se atrasava de espanto. Depois, Matusalém estreitou o peito do Mar, seguindo pela praia com ele ao lado.

Noutra peregrinação ao Oceano, pôs-se a falar, a falar, consigo, a esmo, quando viu Jonas, o profeta, abicar com seu breve barco na praia de Pedra das Flores. Pequeno, moreno e rebelde. Apresentou-se a Matusalém, descido trigueiro de uma onda.

– Parei aqui para prosseguir ao meu destino, Nínive – disse.

Pediu encarecidamente a Matusalém que solicitasse, por fineza, ao Mar um grande peixe para ele. E ali na praia, diante dos olhos desprevenidos, plantou uma aboboreira protetora para que subisse por cima de seu corpo e o envolvesse com sua sombra, e ela na mesma hora prodigiosamente cresceu. Jonas dormiu debaixo dela até que o Oceano providenciasse o anfíbio transporte. E Matusalém viu quando o peixe engoliu

Jonas, e teve a nítida impressão de haver Jonas também engolido o grande peixe. Não é a alma que fabrica a imaginação, é a imaginação que fabrica a alma.

Noutra oportunidade, em sua visita ao companheiro Mar, sem ter a sobranceria do jesuíta português que fez um sermão àqueles seres flutuantes, Matusalém se adernou numa murada de pedra, junto à praia, vendo os peixes o espiarem entre escumas e algas, contemplando-os, deixando que predicassem para ele. E os peixes não o quiseram, respeitando o camarada anfitrião, o Mar. Mas mostraram, em sua singularidade, que não se atropelam com cargos e altos deveres, nem se afadigam sob os cetros humanos, quando se locomovem pela fome, que não se apraz em destruir, mas em sobreviver. E as palavras os saciam mais do que iscas ou migalhas. Bem mais do que os seres que se compõem de som e fúria. E são responsáveis, cordatos. Comem palavras, humildes, sem a insolência de eruditos. Ou de alguns gramáticos, entre jovens e velhas ortografias, exilados das falas de sua gente. Aliás, não carecem os peixes de erudição alguma, carecem de um senso modesto de existir, de acordo com os silábicos repuxos. E ainda têm a boa prudência de conviver com eles, certos de que o saber é provisório. Ademais, não impõem silêncio a ninguém, em nome de princípios, nem há código penal ou eleitoral entre eles, nem os manipuláveis institutos de pesquisa, que ficaram obsoletos na República, junto a um montão de pesada ferrugem. Comem, isto sim, os vocábulos, sem precisão da retórica dos mestres. Louvou-os Matusalém por não terem pedágios, alfândegas, fronteiras, nem integrarem missões diplomáticas de paz. Louvou os peixes – com voz suficiente para que o escutassem – também por não se preocuparem com senados, câmaras, tribunais ou conselhos nacionais de justiça, com menos ou mais escrúpulos, sem intento de ofender nem amar a quem os rege. Louvou igualmente o pouco apego dos peixes a ouro e prata, coabitando com tesouros sem avareza alguma. Além de reconhecer neles a integridade, o pudor e até o embaraço. E lhes confiou o que a morte não sabe e com certeza guardarão. Convicto de que o entenderam.

Foi também num andar em direção do Oceano que Matusalém, meditando, desembaraçando as pernas e acionando a planta dos pés, local em que, para ele, gravitava o espírito, percebeu que as coisas não acontecem iguais e se irradiam em desordenados planos. E perto do monte da cidade, sobre o dorso da floresta, achou uma mula idosa e abandonada, dada por inútil, posta para morrer.

Pensou: "A maldade não tem perspicácia nem o pulsar de uma aragem", frisou na tristeza. E, com pena do animal, tocando-o no vergado lombo, levou-o a pastar na relva. Depois o carregou, morosamente, até o Mar. Ao vê-lo, o gigante do alto das ondas não se conteve:

– O que queres com essa mula velha?
– É a minha produção de esterco! – respondeu, jocoso.
– E a minha é de espuma e caracóis – completou o Oceano. Mas a mula estava esgotada, pobre, não resistiu e nem poderia. Suportou alguns dias e baqueou, fenecida, no trajeto.

Matusalém teve piedade da mula, era sua humanidade que se desplumava. Ele então cavou (emprestaram-lhe uma pá na vizinhança), cavou a terra. Cavou como se ali houvesse alma. O bicho se desfez no termo da apodrecida matéria. E andou Matusalém com tantas mulas, a mula da guerra, a mula das perdas, a mula do infortúnio, a mula do coração roído e agora aquela mula da morte terminada. A terra vira pedra, gira noite, vira flor.

Matusalém era povo, e a seca que atingiu a cidade não lhe foi alheia. Ainda que a floresta tenha se refeito da nociva guerra, as sequelas permaneceram. A água que abastecia a cidade escasseou. Os cidadãos tinham de buscá-la no grande riacho que margeava a selva, transportando nos ombros jarras, baldes, cântaros, panelas. O governo instalou um grande poço no canto da praça. Era muito fundo: ali não faltava água. Foi como a crise começou a ser vencida. Uns diziam: "Peguem suas coisas e vamos embora!". Outros ponderavam: "Aqui nascemos e aqui morreremos!".

Havia um mosteiro nos arredores da cidade, regado por um lago de avivada água, com solitários monges, possuidores de terras vastas e férteis que ascendiam a montanha, produzindo vinho, leite, azeite, queijo, pães. A seca fez com que os habitantes da vizinhança se apresentassem à porta do mosteiro para pedir ajuda, onde o sol não destilava rumo algum. O superior da Ordem tentou satisfazer as fomes. Enquanto persistia a seca, eles comeram legumes, frutos, pães, depois os cavalos da estrebaria, o burro atrelado sob a amoreira, galinhas, cães. Só não devoraram os monges.

Matusalém, ao cientificar-se do fato, observou, não sem certa ironia:

– O sacral, o religioso e as batinas sabem a urtigas, não sendo bom tempero à saciedade humana.

E Malaquias, o alfaiate, que lhe experimentava um terno novo, advertiu:

– Também foram poupados os monges porque terminou a seca.

Sim, numa bem-aventurança do céu, passou a chover, chover com abundância que há muito não se via. Encheram-se as cisternas e a potente caixa d'água da cidade transbordou. Matusalém não evitava falar de Deus, cuidando de possuir sua amizade. E alardeava o divino poder aos ventos.

– Foi Deus e ninguém mais! – repetia.

Era como se as árvores, os bichos, as aves, todos reboassem no mesmo eco. A luz irrompia para fora da casca de laranja do céu.

– Deus clareia devagar! – anunciou.

E Deus arrastava tudo nas suas estrelas.

A verdade é que as pessoas nunca sabem quando morrem. Assim se deu com Lídia. Morria morosamente. Com a saúde combalida, a dor na perna se estendeu para o resto do corpo. Matusalém não entendia, sentia um aperto no coração. Além de Lídia enferma, Matusalém tinha a companhia das árvores, das nuvens, do Oceano que visitava com frequência. E de alguns livros, de onde, vez e outra, ainda arrancava páginas para absorver, como se apanhasse da roseira as pétalas. Não, não sabia mais o que fazer de si mesmo, ainda mais que tardavam as notícias do distante filho. Quando chegou o médico, dr. Alcides Cruz, magro, óculos e olheiras fundas, voz metódica, soube, pelos sintomas, que Lídia possuía um câncer no pulmão. Depois disso não houve mais palavra alguma. Nada. Matusalém se ajoelhou e no assoalho, diante dos olhos atônitos do médico, traçou o círculo e murmurou com certa fúria a palavra. Giraram o teto, a casa, o céu, a palavra voou ao pulmão de Lídia e ali se fixou, rompendo a teia do câncer, rompendo as agruras do corpo, e ela sorriu. Com a harpa verdejando, ao lado. Livre de um oneroso jugo. Livre, abraçou Matusalém, e o médico não entendeu nada. Nem entenderá. Deus arrasta tudo nas suas estrelas. Matusalém continuava com sua rotina de contemplar o Mar, que tinha piedade dele e colocava os seus sapatos de espuma para que Matusalém os calçasse. Debalde, pois esses sapatos não lhe cabiam nos pés. Trabalhava o suficiente para o sustento, no conserto de objetos e aparelhos, onde era útil, e aumentou seu cuidado com Lídia, cujo amor não sofreu com o velame das estações. E quando, no campo, não longe dali, voejavam borboletas, deu-se conta de que elas eram levíssimas, fagueiras, e nada percebiam da história dos homens. Talvez por isso mesmo fossem felizes. Porque o instinto da história é que nos fareja e perturba. Somos nós, viventes, que sofremos o engarrafamento.

Súbito, estrondeou a crise econômica no mundo, da Europa aos Estados Unidos, repercutindo em Pedra das Flores. Ousadamente, a governante Joana D'Alembert determinou cautela, pressionando os bancos para a liberação de crédito ao povo e convencendo o setor produtivo a não se render ao pessimismo. E abriu possibilidade para a permuta ou escambo, com o possível pagamento de mão de obra por mantimento ou vegetais da horta. Os maus políticos abominam o Estado, os bons o levantam. Matusalém teve de cortar as despesas, diminuir o tamanho das necessidades, embora levasse vida simples, com pequeno jardim, onde plantara tomates, verduras e alguns temperos. Há que reconhecer que tal embaraço não freou o fascínio dos vinhedos que se alçavam no monte nem certa fartura nas fazendas, cuja terra não aceita crise nem fome se o arado arqueja na semente. E o Oceano não nega aos pescadores os mais variados peixes. Todas as agruras, pequenas ou grandes, recuam diante do povo acostumado com as tribulações. Honra e proveito cabem juntos na algibeira. Com o difícil: saber conduzir-se na tempestade, tirando dela os apaziguados frutos. Deixam-se aos filósofos as teorias, já que a sobrevivência é a decisiva força do povo. E o miolo de amadurecer é a alma.

Inditosa foi para Matusalém a crônica de um ilustrado cronista, saída no *Diário das Flores*, sustentando a tese de que a cidade, para prosperar, tinha de mudar de povo. Refutou tal argumento, em correspondência para o mesmo jornal, alegando que o povo era a parte mais nobre e aventurosa e não era capaz de mudar de alma nem se desejava que o fizesse, pois sobrevive com tão pouco. E nem sempre o grupo silencia a razão, o povo é muitas vezes a própria razão, sabendo diferenciar entre os fatos e o discurso do poder. Quanto ao processo corrosivo, entre as exceções colocava a governante Joana D'Alembert. Devendo a elite ser trocada para o bem da República. E recordava a frase de Montaigne: onde a pele do leão não basta, é preciso coser-lhe um bocado da de raposa. Ou o emprego da força, ou o emprego da astúcia. E era um outro Montaigne, agora seu. Essência triturada nos dentes, amarga na boca e doce ao estômago. O que a loucura digere a inteligência recolhe. E o que a inteligência omite emerge prodigiosamente da loucura. Essa é a encantada fantasia da realidade. Como um carvalho no tronco.

A polêmica se prolongou. O eminente pensador Linério Ross não se conteve. Estampou um artigo no *Diário das Flores* para refutar Matusalém, afirmando que nem o povo merece a elite, nem a elite merece o povo, sustentando o surgimento de nova classe. Mas era medida drástica mudar de elite e de povo, por esvaziar a cidade.

Numa entrevista dada ao aludido jornal, do local onde morava, Ricardo Valerius não acompanhou na discussão nem Matusalém nem seu discípulo Linério Ross, a comprovar que as controvérsias integram o intuito filosofante e que é da história o conflito entre povo e elite. E a existência de ambos se nutre dessa virtuosa oposição. Melhor seria se bebessem juntos – e ponderou com entusiasmo –, mais do que a água que pode matar, o sacrossanto bálsamo, ou a garrafa da saciedade, que, com algumas gotas, sara as divergências que fizeram adoecer a elite e o povo. Esse maravilhoso elixir teria também o propósito de civilizar a vida.

O fato é que nem Ricardo Valerius mostrou nem ninguém chegou a ver tão preciosa poção.

Matusalém, numa conversa, deixou entrever ser ela, decerto, a poção do gênero humano (qual o seu gosto?). A essa indubitavelmente beberia. Mas como sabê-lo? Estava convicto de que nem o cão Crisóstomo, por sinal sedentíssimo, nem ele teriam ânimo de beber o referido unguento diante do risco de trazer para fora as entranhas, ou padecer a mais atroz penúria, ou ainda trocar o vinho de casto lavor por amargosa água. No baldoso contato entre o filosofar e a realidade, há coisas recônditas e especiosas bem maiores do que o bilioso comércio das opiniões. Ao viver em demasiada brevidade, como haveremos de regê-la? Só o silêncio da tumba vedará tamanha impetuosidade. E nem havia onde pendurar o furado cântaro da ignorância ou da desastrada inteligência. Com tantas coisas inúteis que se desvanecem. Como a mais opulenta filosofia se gasta na filosofia. E nem o gênero humano a salva.

Matusalém falou e abriu a língua, como se abrisse a barriga de um peixe. E a fala de fora nem sempre se mistura com a fala de dentro. Da língua de dentro é que brotava água, água da condição humana. E sonhou naquela noite com gotas que andavam sobre o chão de luxurioso bosque, que desciam, resvalando pelas pedras, e depois paravam, olhando o céu. E uma voz ecoou: "A condição humana é água de muitas gotas. Uma, da desatenta bondade e da convincente misericórdia. Outra, do sofrimento que se organiza. E outra, do irreparável amor". E ele via que eram gotas que baixavam e subiam todas as coisas. E não havia casa, quintal, monte, rio, mar, onde não vagassem,

sem perder a identidade ou se dissolver. Viu ainda que cada uma delas possuía mínima forma de maçã e todas pulsavam como se saíssem do peito. O que perseverava nelas, além do brilho, era certa natureza invencível. Matusalém estava sedento e queria bebê-las, mas percebeu que não eram consumíveis e apenas se diluíam ao serem tocadas. Ao acordar, deu-se conta de que capinava o tempo e o tempo capinava o sonho, não podendo nenhum lume impedir o levitar dos passarinhos.

Matusalém tinha a consciência de ser povo, descomunal como ele, lutador e persistente, com a imagem do filho que não se quebrava. Rodeado pelos olhos de Lídia, enverdecia em vez de envelhecer, longevo se encompridava, e os aconteceres nele se mexiam, parados. Quis adejar em árvore e as pupilas envelheciam de verbos. Mas ele não envelhecia. Fez protocolo de infância, tudo sendo outra coisa quando sonhava. Tinha palavra para designar a criança se avolumando nele, ou a felicidade com acumulação de coisas que não findavam e se entreabriam, sonoras, nas orelhas do instante. Era povo. Ao andar na rua, todos o reconheciam como da mesma tribo, dos mesmos palmos, da ofegante meninice. O paletó de brim e a calça de igual pano não transformaram sua modesta ou chuvosa titularidade. Ele era povo e mais nenhuma marca, salvo a da terra que carregava nas arrobas da aragem. Sim, seu protocolo preenchido até a última letra, o da infância. Para onde tornava como de um sono. Ao sarar do tempo. Matusalém era povo.

O mapa de Pedra das Flores, desde o traçado no início do século por Baltazar Ledur, geógrafo amador de talento invulgar, apropriou-se da visão da cidade com seus relevos e floresta, dando prioridade à extensão do território. Depois que a mão da morte apanhou Baltazar Ledur, em circunstâncias ignoradas, com o rosto igual a um jumento e olhos encolhidos, boiando nas áticas águas do riacho Nuvem da Fonte, um poeta e geógrafo aprimorou o mapa, ampliando-o para os lados, especificando as áreas, bairros e contornos. Tinha de zelar para que seu mapa não fosse monstruoso ou desaprumado, eximindo-se de seus abismos, sobretudo os que circundavam o Oceano, que todos se esforçavam por ignorar. Marcelino Lopes era seu nome. Tinha um ombro inclinado para a esquerda, um metro e oitenta de altura, empertigado, olhos acurados no observar, sem desvio nas mãos, um complexo de ordem não muito afeito ao bardo que compunha canções e elegias, que o fizeram reconhecido nos meios literários a ponto de ser eleito para a Academia de Letras de Pedra das Flores. Certa vez, ao ser questionado por um repórter do *Diário das Flores* sobre a criação e se era do corpo a escrita que sonhava nele, respondeu prontamente:

— Não é o corpo que dorme, é a alma! "Para bom mestre, não há má ferramenta."

Cito estes versos que são seus e que não deixam de explicar seu processo inventivo: "Um mapa é como um corpo/ sobre a terra caminhando./ Tem alma que veda o sopro,/ tem sopro de amor voando". E advertiu, ao entregar ao governo sua empreitada de geógrafo:

— Os mapas são efeitos fatais das circunstâncias e elas que escolhem os limites. Nós obedecemos.

Aos leitores, em entrevista, declarou que na poesia as vísceras escrevem. E os poemas não são peças de gesso. Não se candidatava a prêmios por saber que a maioria deles vem de uma ação entre amigos. E, por seu talento, era um percevejo que devia ser eliminado. Ou seus pensamentos não passavam de percevejos que molestavam a erudita espécie, que tentava, inutilmente, criar unhas para esmagá-los. Assim se delinearam, não sei para que posteridade, vários tipos de pensamentos, ou percevejos, que, como moléculas, agitam a alma humana, saltando de uma a outra sem morder a todos: *O percevejo germinal* — o que nasce de um pensamento que é capaz de viver, fluir e fermentar junto com outro. *O percevejo arguto* — pensamento que fareja destino, antes de ser levado por ele. *O percevejo marcial* - que se inclina a ser belicoso, que não se acostuma com diferenças, fundado no seguinte princípio: "Se estais em paz, preparai-vos para a guerra". E a guerra que se dá é neles mesmos. Atingindo o extremo de enganar e não dar armistício ao vencedor nem aos vencidos. *Percevejo reformista* – pensamento que batalha para, com pressa, dar nova feição ao mundo, batendo-se contra o instinto destrutivo da mediania, ainda que alguns defendam a tese de que os reformistas serão os próximos conservadores. *O percevejo simpático* – é o pensamento que se afeiçoa até em relação ao desafetos. E não quer guardar rancor, amando o inimigo, embora por ele afrontado. Convicto de que o óleo emerge acima da água. *Percevejo presumido* – pensamento que desconfia até da sombra e tende a ser sombrio. *Percevejo ocupado* – é a ideia de ignorar os opostos. Por encontrar adeptos, não cede espaço aos intrusos, criando a própria lei. *Percevejo irrepreensível* – o que possui pensamento íntegro, que não tem dó nem piedade e, se atacado, mostra-se rígido, invulnerável. *Percevejo promíscuo* – pensamento puro que se mistura a outros, incestuosos ou dementes. Põe em risco a vida de todos, o que pouco importa. Cada um é irmão ou pai de insensata pátria. Com o prazer a qualquer preço de ir adiante. Vingando-se da realidade. *Percevejo imaginatório* – ideário do que sofre antes de existir. Com sintomas delirantes. *Percevejo Hobbes, ou lobo do homem* – que não suporta o pensamento alheio e busca, tiranicamente, sufocá-lo. Com o invólucro do homem no lobo. *Percevejo Pascal* – o que carrega a mutação no germe, já que o que não muda de pele perece. *Percevejo nietzschiano* – que insiste em ser pensamento-ponte, ou água-furtada para a criação reprodutiva do super-homem. Tendo por divina a arte de esquecer para futuramente lembrar. E a tantos talvez não sejam suficientes uma geração ou século.

Além disso, consta que os percevejos pertencem a uma sociedade protetora de insetos, implacável deformadora do real que, de tanto resistir, endureceu. Juramentava o legado de alguns membros parcimoniosos. Sobretudo de dois deles. Um que era socialista radical e engendrou como herança aos vindouros um evoluído ensaio sobre o direito dos percevejos, advogando contra aqueles que se utilizavam de sua subalterna condição para o esbulho patrimonial. E outro, mais realçado por seus estipêndios e atos de benemerência, que desejava veementemente deixar os complacentes percevejos à nação. Ninguém duvidava desses gestos patrióticos. Era preciso um símbolo e, por unânime vontade, para saudar o novo milênio societário, foi escolhida a imagem de um percevejo recurvado sob o peso do mundo. Mas o que, no íntimo, todos admitiam era o avesso: o mundo recurvado sob um percevejo.

 E, leitores, o que é provável não é necessariamente verdadeiro e o verdadeiro há de ser provável até não sê-lo, ao ficar esperando semente no sol. A estupidez não precisa alterar os óculos ou carregar pedras quando a sorte a encobre. Ou pode ser o ato de afundar os dentes numa jabuticaba nos ermos do quintal. Se pensamentos – percevejos foram invenção da buliçosa estupidez que se apossou da mente de Marcelino Lopes, ou se impôs, por instinto ou impulso de verdades ainda não proclamadas, jacentes nas esferas do acontecido, nada impede que se guardem suspeitas sobre o que ensinam, que é nada. Ou talvez paire como sentença, ao mencionado bardo, o que advertiu Miguel de Cervantes, de que ser poeta é "doença incurável e contagiosa", para o que a estupidez, a insanidade ou a demasiada lucidez e até os percevejos são perdoáveis. E se, porém, consideramos que o poeta é o que fugiu da loucura, dentro dele é muito escuro para ler. Ou é tão escuro que a claridade tropeça. Ou nem isso. Por tropeçar a demência. E que se aviem todos a fim de que não haja troca de loucura e ela não se alastre. Além disso, outra suspeita maior advém, a de que Marcelino Lopes tenha sido mais do que um poeta e geógrafo. Ou era um percevejo gigante com tantos pensamentos percevejos. Ou toda a humanidade é maquinação de insetos. E se realça um vivente diferente de outro em cada sonho, mesmo que os sonhos sejam também insetos, e o sono, espesso mel. Sabendo que o que cai na rede é sonho. Com aceitação desta singularidade: quando devaneamos, nada nos espanta, por começar a se parecer conosco. Ó que impossibilidade de catar os pensamentos na angulosa cabeça do tempo! Ou de catar o tempo, devagar, entre os percevejos!

Tinha Pedra das Flores uma existência articulada, com o advento do progresso, preexistindo nela a perplexidade de um corpo físico que se aformoseava entre saliências e formas. No mais, vingavam as intrigas de caritativas senhoras, o descontentamento salarial dos pobres e o grupo de lavradores que compunham a plebe rancorosa das vinhas. Sobressaindo nisso tudo a mostra apavorante de desamor dos poderosos que nada percebiam além de si mesmos. Alargando o bulir da injustiça no sistema político. Com a matemática disposta a seu favor. Como se fossem o bem comum. E nada é sozinho, nem o jumento-riacho. O exemplo é um velho que regia o boi puxando o arado. Gritava vários nomes. Matusalém se aproximou, indagando por que o boi tinha tantos nomes. O velho estancou com um gesto do calcanhar o arado e viu que Matusalém era da cidade. E esse de novo perguntou sobre os nomes. O velho, na tinhosa vara da língua, respondeu:

– Temo que o boi descubra que está sulcando a terra sozinho e perca o ânimo. Então, ao dizer vários nomes, ele há de sentir-se acompanhado e dará seu melhor.

Há que chamar esses poderosos por vários nomes para que tomem tento da tarefa coletiva. E, se há corda esticada na economia, não é para que os cidadãos nela tropecem. Embora em muitas repartições alguns funcionários tenham se assoberbado com a crise e achassem que sabiam mais do que os superiores. Os poderes da República tendem a minguar pelo excesso, e o elenco demasiado de leis faz que naufraguemos nelas. Em política há de haver exatidão entre as palavras para que não advenha um desmonte social por ferrugem, ou dilaceramento. Muitos governos não são destituídos, tombam por conta própria. A partir de um ponto, não se corrige a ida ou o retorno. Não estamos ajaezados para o mundo, nem o mundo para nós. O que existe é crença no avanço da palavra sobre a desordem, mesmo renitente. Amor é onde, no clarão, os patos selvagens passam.

No caladio, estando só, Eleazar, talvez por adivinhar nele o mesmo pavio de absoluto, ou verde fósforo da consumição, quis conhecer mais a respeito de Marcelino Lopes, cuja boa fama inundava Pedra das Flores, e indagou ao pai:

– Que achas do geógrafo-poeta?

– Ele recorda o que sonhamos, nos une com a língua e nos eleva de alma.

– E o assunto dos percevejos? – a cicatriz da fronte de Noé brilhava como se tivesse luz dentro.

– Não é crime o que provém do sonho, pois o que entende os sonhos entende o mundo.

– E a estupidez?

– Só existe quando o homem morde o osso que era do cão. Ou quando nenhum osso basta para quem quer roer a honra do próximo.

– E o mais?

– São atropelos, filho. E a estupidez na ignorância pode ser obstinada. Mas o que vai vencê-la é o amor ao povo. Mais obstinado ainda, não delineando fronteira. Pois, quando é a loucura que equilibra a inteligência, não há inteligência suficiente para a loucura.

Ou seria somente loucura a inteligência?

Sim, Matusalém era povo também ao sentir que as pegadas dos vivos desvaneciam. E o que julgava certo mostrava-se posteriormente impreciso. O que parece avanço de uma época é retardamento de outra. E o que debaixo se depositava, com o formar do orvalho, era o que os humanos desígnios não terminavam. O que se deposita debaixo da pedra é o limo de um júbilo que não pode permanecer escondido. E só seremos terminados quando o instinto for superado pelo espírito, sem prescrever o afeto. Ainda que se mostre avantajada e pantagruélica a morte. Fazendo até que alguns brotem póstumos e outros tenham, póstuma e balbuciante, a esperança. A maioria nem isso. Quando a inteligência equilibra a loucura, não há loucura suficiente para a inteligência. Mas a inteligência é apenas fantasmagórica imagem se não lograr possuir suas próprias asas. Com a irreversível escolha de espaço e de forças. Sem atraso do real. Ou uma luz que, ao se elevar, queima como fogo. Mas seria o abismo devastável? Luz intensa, vocábula, inquietante, que trabalha até a morte. Ou vai além dela. Não havendo indulgência no fulgor. Ou fulgor na indigência. E avisados somos de não morder duas vezes o mesmo e letal tutano da palavra quando ela, cruamente, nos morde. Sendo a travessia doloroso empenho de um cimo a outro. Ou piedoso disparo da imaginação, que se apura no fogo. Disparo na lucidez e na certeza extrema de Deus. Sem soleira alguma para o começo e o fim dos sonhos. Ou talvez seja isso o que nos faz eternos.

CAPÍTULO DÉCIMO QUINTO
O funeral e a compacta solidão de Matusalém.
Noé Eleazar chega do exterior e constrói seu barco junto ao
riacho Nuvem da Fonte. Pretende desembocar com a chuva no
mar, achando que o milagre se inventa sozinho.

Lídia, na manhã de gerânios, deitou com a cabeça no travesseiro e não se ergueu mais. Pesava sob o lençol, e o lençol era pedra sobre ela. Havia também uma noite deitada em seu corpo. O vaso do dia se quebrava, e a harpa rompia as cordas.
Lídia dormia e não conseguia acordar. Sonhou com Noé Eleazar, o distante filho. Ele a visitava, sorridente, quando menino, e ouvia a palavra amor que caía com a chama de água. A água da chama na sonante bomba do coração. O que não atrasava beatitude.
Lídia era maçã estendida no ramo do sono. Tal se viesse de outro Jardim do Éden, entre lírios. Matusalém olhava nervoso sua amada, como se estivesse embutida num penedo do sonho. Difícil de arrancar. Ela comia o pólen de avelãs do ar, comia a escuridão, respirando para o centro do universo, apesar de o sono trancá-la sob a casca espessa. Ela era matéria de não se acabar no lume. E a noite crescia como as árvores crescem, a Lua cresce. O sono pétreo de Lídia cresce.
Matusalém então viu o pior, que Lídia se esvaía no fundo de um instante sem limites, onde não variava a claridade. Era redondo o sono, e ela, imóvel como uma pálpebra que se fecha, atentamente. Viu Matusalém ali a morte morna, estreitada, porque ninguém a conhecia igual a ele. Adivinhou

de longe o infortúnio ao enxergá-la tão furtiva, tal se o sono intentasse o perfeito crime. Matusalém quis mudar as coisas. Soprou sobre ela o espírito, e era uma redoma presa na unidade. Disse a palavra para rasgar o invólucro, a clausura, disse, disse. Mas Lídia estava tão longe, arredada, que não alcançou escutá-la.

A morte não é sonâmbula, e o vivo que é imortal. O sono tinha cegueira, inalterável surdez, e a palavra não entrou. O que entrou foi o cardíaco ataque no sono, de sorrateira voragem, e nada mais o conteve, a não ser o sulco de ir para o outro lado, com a bela, incandescente Lídia. Matusalém conhecia a morte como ninguém e a viu. A morte saíra dela como um ovo ainda vivo. E, impotente, deixou rolarem lágrimas, até a mais seca, desatrelada dos olhos, parecendo advir das coisas em torno. Mas guerreava com o impossível, buscando abalar a impiedosa imobilidade. O que se desorganiza ia devorando a humana forma, expandindo a dor pelos ombros, pelas costas. E não alcançava gemer. Com o fio de suor e o pescoço afrouxando, molenga. Depois inerte. E a fome era o ovo da morte, a fome era a morte. A música da harpa que não mais tocava, a história. Ou a escuridão que trancara de urtigas a harpa.

Se o funeral de Lídia não logrou trazer a tempo Noé Eleazar, avisá-lo era preciso. Deveria ficar com a imagem viva da mãe, achou assim Matusalém, movido de misericórdia pelo filho, prestes a concluir a universidade em Londres, onde tinha fome de comer a ciência do mundo, fome de absorver o conhecimento perdido nas idades, com a vocação náutica encaminhada. Tinha fome de comer, se pudesse, até as estelares espécies. E comia as palavras dos livros, comia as ideias, os preceitos, as álgebras do Mar. Quanto mais se escondia junto à natureza, menos ela se escondia dele, por destravar o espírito.

E Matusalém amargava tão compacta solidão, apenas comparável com aquela de quando viajou pelo ventre morto de sua mãe. Foi rodeado por antigos companheiros de batalha, os sobreviventes, vizinhos, cidadãos que o admiravam, estando presente, para honrá-lo, a maior autoridade de Pedra das Flores, Joana D'Alembert, que o abraçou, emocionada. Com os ombros ventando tristeza.

Matusalém não tinha ânimo de levar o caixão. Apesar de sua força, não podia. Era como carregar a morte, e ninguém a conhecia como ele. Era a vida contra a vida. E ele ardia de dor. Somente, com reverente gesto, colocou sua aliança no mesmo dedo que Lídia carregava a dela. No afeto, o afeto; no anel, o círculo que sobrepairava a tudo. Depois as rosas, as coroas, a transeunte e numerosa fila, o sepultar sonoro na cova, o baque ruidoso, as cordas da harpa, o cavalo da lua cavalgando sob a terra, o cavalo da terra galopando o corpo, o cavalo do corpo, a terra toda. E nada mais se divisava quando Matusalém pegou na dor sua humanidade. Em casa, mais ainda, ao ver as coisas-Lídia que falavam, as roupas, a despojada harpa onde se encravaram flores. E ele gritou, gritou até as estrelas. Seus olhos de fora viam pelos olhos de dentro. Viam por todos os olhos da noite. Amor, para além de haver a morte. E pensou em girassóis, em brancas árvores sob a boca também branca do céu. Sua alma na dor, branca garrafa. Sim, o tempo não mata, o que mata é o excesso de luz, o que mata é o sonho.

Na rotina de contemplar o Oceano, seu camarada, presenciou sair de um navio ancorado na margem seu filho, Noé Eleazar – esbelto, musculoso, alto, fronte altiva, grande, que correu, assim que o viu, ao seu encalço, ultrapassando a ponte levadiça. Caiu nos braços de Matusalém, caiu de alma e corpo na língua da brisa correndo.

– Eu te amo! – um disse ao outro.

E foram os dois caminhando, como se encolhessem no interior da semente. Mas não, caminhavam com a semente na boca. Então fixou a cicatriz na testa do filho e era como se um fruto mínimo quisesse a saliência nos vincos. Achou que sonhava. Num carro seguiam, atrás, a mala pesada e outras coisas em sacolas. E, à parte, em canto seguro, a gaiola de um passarinho belga amarelo cantando, que trouxera de Londres e gozara de sua companhia na solidão. Com alpiste e água, era seu único interlocutor. Enlaçados, Matusalém e o filho, lembraram Lídia, entre imagem e saudade, sol ao meio, sol esvoaçando. Mas a história é escuridão. Também a que a história não percebe.

Ao chegarem à cidade, abriram a residência como se a desabotoassem, e Lídia, Lídia os fitava do espelho, o sorriso, o fundo da alma. O que parecia terminar começava. A casa toda era gota de água, a alma numa gota de água. E as gotas dos olhos e tudo muito antigo. Elas desciam os degraus da escada. Como se não houvesse morte, caindo tanta luz fora da morte. A história é escuridão. E nem Matusalém nem Noé Eleazar calaram diante de tamanha vida que ali ainda se ocultava. Descansaram as bagagens, descansaram o passarinho na gaiola sobre um baú de vime, fitando o dono, com expectativa. E, como Lídia estava tão esculpida nas coisas, repararam que, às vezes, a morte não existe e o sonho transporta o sonho. O impossível é o mundo de outro lado que acordou. O que se sabe é o que nunca se sabe, até se descobrir o que se saberá. A ventura humana é o desequilíbrio. Os dois custaram a dormir naquela noite, custaram a levantar-se quando chegou o dia, custaram a agarrar as coisas e voltar à tona. Ó quanto a vida morre de vida! Árvore plantada ao avesso, a manhã. Como se voasse de uma tela de Chagall. E Deus voava no sonho dos dois. Viver era a única lucidez, a que não aceitava raciocínios, não aceitava renúncias nem certificados de culpa. Mesmo que nada mais fosse igual, nada era como antes. Nada era tudo. E falaram.

– Por que não me chamaste, pai? Viria antes.

– Foi tudo de repente, como um raio. Ao menos guardas intacta a lembrança de tua mãe, sem a morte que estraga tudo.

– É verdade. A morte estraga, a vida não.

– O que pretendes fazer agora?

– Ensinar no Colégio Principal da cidade e seguir meu projeto.

– Projeto?

– Pai, meu sonho, desde menino, é um grande barco.

– Com que material?

– Cataremos madeira, onde houver, a melhor, bem maleável.

– Sim. Eu mesmo vou construí-lo. Ponho prazer nisso. Tive um sonho a respeito das minúcias e medidas.
– Sonho?
– Um sonho de Deus.
– É como Ele fala.
– Deves antes desenhá-lo, como está na imaginação.
– Como está no sonho de Deus.
– E como será?
– Uma barca diferente do meu homônimo, filho de Lameque, denominado Noé. O tempo muda as coisas, e as coisas mudam o tempo.
– Como a construirás?
– Não sei tudo o que sei.
– Estudaste tanto, filho!
– Não busco, vou sendo escrito. A história é escuridão, até que a luz provenha no húmus, desmontando o caos. Creio nisso.
– Onde o porás?
– Sabes, pai, aquele riacho de minha infância que tem o tamanho de um rio, chamado Nuvem da Fonte?
– Sei. Hoje se ampliou e desemboca no mar.
– Boa notícia. O que fazer sem fé? Se o sonho diz, eu executo.
– Zombarão de ti.
– Não zombaram também de meu homônimo bíblico? Se não vislumbro para que servirá o navio, não importa. O que minha voz interior determinar sigo.
– Entendo. O que vem do alto não é lógico aos homens. O revelado é enigmático, aparentemente delirante. É assim Deus. E eu te ajudo.

Mas não se deu conta de que Noé Eleazar tinha uma consciência grande demais para seu sonho. Quem monta na aurora não pode apear.

E é de notar, sim, que Matusalém, sujeito a muitas aventuras e desventuras, era um homem realmente bom. Todos que se aproximavam dele possuíam esse mesmo entender. O que é bom tem costas largas. Já avançava na idade, nunca deixou sabê-la ao certo, mantendo uma juventude que nada ficava atrás da de seu filho, como se a força avultasse no correr dos anos, não possuindo nem um fio de cabelo branco. Com os olhos de dentro, via os olhos de fora.

Se alguém o comparava ao outro Matusalém, filho de Enoque, que aparece no livro do *Gênesis*, ele se ria muito, comentando que aquele delirava entre sonho e vigília, existindo entorpecido num tempo em que os homens viviam da caça e faziam vestes e calçados com as peles. Com séculos de diferença, ele morreu, Noe Matusalém não pretendia morrer nunca. Não sabe como. Nem carecia de saber o que era maior do que ele. Mas esse não saber é parte do milagre. E o milagre se inventa sozinho. O que importa no milagre é a entonação. Recordando-se de Montaigne, que escreveu "Nada faço sem alegria", dizia:

– Vou durando com alegria. E não sou prisioneiro nem de mim mesmo. Irei vivo até o juízo universal, entre os mortos. Porque virá o fim do mundo, os sinais já estão à vista.

O que é de estranhar é que voltou a meditar no assunto após a partida de Lídia. Depois lhe sobreveio ser algo tão longevo que se escoava nos séculos. No entrefalar dos átomos, com mais matéria do que o necessário. Ou no burburinho dos insetos. Sim, tudo era longevo, onde ao percebermos alguns atributos não penetramos na essência das coisas. Cabendo observar que a porta do paraíso se mantém intacta. As peras, uvas e maçãs do paraíso não são metáforas. Sentia no ar o aroma desses frutos. E o que se inventava vinha do menino que a saudade não deixava sumir, com a marcha de muitas léguas no espírito, encostando as costas nalguma moita, rente ao coração. Não, Matusalém se acostumara com a morte como se habituara com a vida. E não precisava apressar-se, pois o tempo diante dele mostrava sua inteira nudez. Já que estamos num século corrupto – achava com o autor dos célebres *Ensaios* – em que somos considerados virtuosos sem que isso nos custe nada. Talvez não passe tudo de uma artimanha de existir. Um copo de chuva no beiral do telhado. Mas viemos para nós e para os outros. Viemos, com cicatrizes, para povoar as coisas. Nada é melhor do que viver nos alvoroços. Ou nos quilômetros nervosos da relva. Ou sob a portinhola do poente. Ou sobre um viveiro de violetas. Catalogamos o mundo? Não, é o mundo que nos cataloga. Com a botânica que não dorme, a da alma. E a saudade que tem sol por dentro não causa dor alguma. Nem os raios que maduram na árvore as amoras. Mas o silêncio é um átomo que amadureceu. O que não amadurece é o vento de ervas que a noite traz na boca.

CAPÍTULO DÉCIMO SEXTO
De como Matusalém se ligava ao futuro, era o povo. Sonho premonitório sobre o perigo que corria seu filho com a barca. A surdeira de Eleazar na ambição do projeto. Os leprosos curados na água do riacho. A velocidade da alma nas costas.

Matusalém predisse venturoso futuro para Pedra das Flores. Mas não precisava ser e nem era Nostradamus, com suas rimas e herméticos perfis. Falou:

– O tempo dá voltas, mas retorna. E a história é um cego que toca de ouvido. Os historiadores, tateando, escrevem o que nunca aprenderão, nem de ouvido.

Quanto ao porvir, percebeu que a palavra não elimina a palavra, o gesto não elimina a fala, apenas o nada elimina o nada. E a única história invencível é a do futuro. No mais, é escuridão.

Mas cuido de outra matéria, leitores, pelo que já se inteirava nos acontecidos. Cuido, sim, de comentar o pouco que Pedra das Flores sabia sobre o riacho da infância de Noé Eleazar.

Nesse pouco, que podia ser muito, emergia à tona seu arcaico e deslembrado nome – Nuvem da Fonte. Tinha embocadura de rio, com lenda preservada, quase secreta, por se tornar alegria e bem-aventurança para pessoas que ali nadavam, com água limpa, ondulante, manando de uma nascente no rochedo da montanha, vindo a desaguar por voltas e voltas ao Mar. A essa lenda se prende cada palmo de água. Além disso, consta que há nos mananciais propriedades curativas portentosas, na opinião dos médicos que as indicavam, com certa cautela do governo, é verdade, utilizando-as com efeitos infalíveis para sanar males do corpo e mesmo da alma adoentada ou deprimida, que ninguém se apercebia quais eram. Sendo nebulosa a realidade, nada se fazia mais terapêutico do que ela.

Num recanto desprezado, para não dizer maldito, de Pedra das Flores, com tendas em fatia escura da floresta, exilaram-se alguns leprosos, evitados pelo povo. Nada plantavam, salvo uma pequena vinha e canteiros de legumes que os mantinham. A natureza daquela doença trazia repugnância, insensibilidade e certo terror. Um e outro se embriagavam ao sentir a aversão e o abandono. Pois o que menos se esperava aconteceu. Como não tinham mais nada a perder, ao tomarem conhecimento das oclusas magnificências do riacho, meteram-se todos, em adotivo amanhecer, nas águas apaziguadoras. E ao saírem dali, após nadar e mergulhar ao fundo, tentando abarcar o musgoso limo, sem possível explicação racional ou humana, estavam todos limpos, como se as nódoas tivessem sido comidas pela bendita fome do riacho. Felizes, exibiram-se na cidade, e os médicos comprovaram os sinais. Desaparecendo a praga, o desterro, choravam de abundante humanidade. Sim, talvez nas voltas daquela apetecida água Deus sem medida se deitara. O que se sabe é que os ex-leprosos se mudaram da tenebrosa selva, construíram casas de madeira na perna da montanha e repuseram a vinha e a horta de vegetais. No recanto onde viveram, puseram fogo e demoliram o que ali estava. Para que não vingasse nem sombra do que foram. E plantaram – foi ideia de um deles – naquele sítio, cavando o solo, uma pequena azinheira, com seu capuz de bolotas (úteis no tratamento de infecções) de cabeça para baixo. O tronco de raízes para cima. "O que da terra não brotar brotará do céu!", disse o mais alto e encorpado. Viver é ir-se arredondando junto à noite.

A propagação do fabuloso caso dos leprosos atraiu peregrinos cegos, mudos, surdos e paralíticos para banhar-se no riacho de efeitos purificadores. E se engolfaram, de ponta-cabeça, várias vezes, e nada sucedeu, nada os livrou das enfermidades, voltando todos, abatidos, desanimados, piores do que tinham vindo. Não havia explicação lógica, trazendo eles consigo o espanto da diferença. As coisas são o que são, não como as queremos. Talvez tenha sido voluntariedade do lendário riacho de curar ou não, ou porque o sobrenatural e o natural se parecem e às vezes é um oblíquo movimento que os diferencia. Ou por um fato que passou pela mente de Matusalém: a água do riacho havia trocado de alma. Foi quando a notícia do evento, publicada no *Diário das Flores*, alertou o povo. O filósofo Linério Ross apregoou, numa conferência cívica, que, assim como a história não se retrata, o milagre também não se retrata. Mas os filósofos são arautos pouco ouvidos nestes tempos de usura. O governo não aceitou, sem a competente pesquisa nas águas do riacho, a súbita ausência de efeitos terapêuticos. Um engenheiro de nomeada reputação, dr. Augusto Peter, de ascendência germânica, lento no andar e no falar, grande de movimentos, peculiar sotaque, olhos quase sumidos pelas lentes grossas dos óculos, examinou parte daquele corpo fluvial com aparelhos que podiam avaliar a coloração e o teor da água. E notou que ficara turva, que não se movia naquele sítio em que os ex-leprosos se banharam, tornando-se a água pétrea de um lado e de outro, apodrecida. Percebeu que o repuxo tinha uma banda doente. Com pele delicada, absorvera a enfermidade toda e dela não se libertara. A drenagem e a inserção de água pura não trouxeram de volta o milagre. Cabendo razão, na dúvida, aos filósofos: o milagre tem natureza inadiável e não carece de licença, carece de poder. E um escritor famoso da cidade assinalava que "o defeito dos milagres é o de não durarem muito". E o defeito do tempo é o de não crer no milagre.

Foi na margem do mesmo riacho que Noé Eleazar sonhou armar seu navio, arquitetando com desenhos minuciosos que ocupavam a comprida mesa da casa, entre outros alinhavos e rascunhos ilegíveis. A curiosidade do pai Matusalém o inquiria, e os papéis se multiplicavam graças ao perfeccionismo técnico do filho. Nada o satisfazia, entretecido entre sonhar e vigiar, e nisso os dias rolavam como seixos, e ele nem se dava conta na paixão. Muito prezava Matusalém a companhia do filho, dava-lhe condições, ajudava-o no que necessitasse. E deixava-o devanear entre as estendidas folhas, em forma de mapa ou atinado manuscrito. Dizia a quem lhe perguntasse sobre a incrível paciência:

– Compreender é a sensatez do amor.

Intuía na genialidade propagada do filho a fronteira entre lucidez e loucura. Sem discutir quanto são herméticos os sonhos, sendo todos salvos de infância. Depois Matusalém admitiu o que ouvira de seu filho: o navio que ele traçava nada tinha a ver com o de seu homônimo, filho de Lameque, Noé, não só porque os tempos eram diversos, como porque a técnica náutica se aperfeiçoara. "Nunca tanto como a de Deus", pensava Matusalém consigo mesmo. Ainda que o tal projeto usado pelo servo do Velho Testamento fosse copiado, jamais seria igual. Não só pelas palavras ou pelo idioma, não se justificando os modelos repetidos, pois se distinguiriam necessariamente pelos pormenores e até pelos silêncios. Escutou de seu filho, num rabo de conversa, que ele estava construindo um navio movido a energia solar. Mas não memoriava quaisquer outros detalhes, afirmando:

– Terá ele o direito de errar ou acertar, de acordo com as imagens do sonho em sua mente, que possuem alma. Ao traçá-las, palavras o descobrirão, criando o porão, a popa e os motores. E os buracos da alma hão de ser preenchidos de absoluto.

Não tinha Matusalém nem dúvida ou perfídia de que as imagens substanciais faltavam ao projeto. Por conhecer o arsenal de sonhos de Noé Eleazar, que tinham a ciência tão eficaz de se reproduzir como certos animais. Matusalém comparou aquele navio que se nutria de sinais e preparos com o destino do homem e dos símbolos. E ninguém, ao conhecer a morte, conhecia a vida como ele. Por nada esperar, a tudo possuía. A psicologia de um inventor tem as sutilezas de um labirinto. E não era ele, Matusalém, que iria enfrentá-las. Talvez nos próximos meses, a respeito da construção náutica do filho, algo mais seria revelado. Não lhe cabia discutir, no momento, a sua precisão ou imprecisão. Ainda que o mestre padre Vieira diga que "é mais temeroso o juízo dos homens que o juízo de Deus porque o juízo de Deus é juízo de um só dia: o juízo dos homens é juízo de toda a vida". E note-se, à parte, que Matusalém comeu esse trecho do livro do dito Imperador da Língua Portuguesa com apetite sonâmbulo. Devorar é o princípio incorruptível da humanidade, onde nada se perde, tudo muda de sonho. E consta que em tal ato digestivo até o preconceito se desintegra. O mais é apenas ânsia do devir. E não consta que leve algibeira.

Alguns julgavam Noé Eleazar um gênio – o que Matusalém via com simplicidade e sem nenhum motivo de ostentação, sabendo que gênios, loucos ou medíocres, todos são tateantes e impotentes diante da história. "E o gênio se desconhece e é desconhecido. Ai dele se pudesse conhecer-se!", dizia Nietzsche, que foi assim considerado. "Gênio leva tempo" (não sabia de onde se apropriara disso), fazendo com que Matusalém tivesse ainda mais comiseração por seu filho. Como os pássaros possuem mais instintos do que razão. Além do absurdo desamparo. Ou do carvão do fogo que produz o diamante. Conduzindo a perfeição nas entrelinhas. De tantas vicissitudes humanas, ou perante certa soberba da ciência, Matusalém tinha ganas de rir. E o mundo carecia era do riso. Infelizmente, os estadistas, o poder, a adjetiva ciência, todos perderam o senso de humor. E o fervor da alegria. Ainda que a realidade seja inferior ao nível da imaginação. E Deus vela pelo povo, não pelas algibeiras.

Passou sem ver seu filho alguns dias, quando se meteu numa empreitada confiada pela governante Joana D'Alembert, viajando pelo interior, visitando fazendas numa pesquisa orientada pela administração pública de Pedra das Flores. Ao concluí-la, deparou com madeiras escolhidas amontoadas na margem do riacho e um esqueleto de navio formado, como a espinha de um grande peixe. Alegrou-se. Prevendo quanto seria árduo o empenho de compor a matéria informe dos sonhos. E se, em vez de um navio, seu filho aventava alguma cosmogonia navegante? Ou aventura viajora semelhante à do capitão Lemuel Gulliver, com a crônica da difamada condição humana?

Da conversa com ele, deduziu que o esqueleto era a parte mais insone de seu projeto. E indagou se precisava na construção de um amálgama de palavras. São as palavras que sustentam o navio? Ou é o navio que amadurece as palavras? Noé ficou incrédulo diante do adiantado juízo de seu pai, que se foi acostumando gradualmente com a realidade, verificando que o filho juntara ao esqueleto, acrescido pelos lados de madeira, a estação de força do navio que tinha aparência de magnólia. O que é mágico não se exime do sobrenatural, muito menos do esplendor. O que aparentava ser tão simples carregava a energia elaborada nas pesquisas de Noé Eleazar desde a sua época londrina, com algo que era difícil conjeturar, com a placa compondo uma magnólia, capaz de conter um redutor do universo, tendo a energia do nada impulsionada pela massa do sol, perigosa e desaproveitada antes, a energia eólica e a do tempo circular representada por um relógio. No instante em que o filho desenvolvia suas ideias, entusiasmado, Matusalém perguntou o que faria o nada nessa estação de força, e a resposta o empolgou:

– É o nada que faz toda a diferença!

E adivinhou a ambição de eternidade, admitindo que Noé Eleazar não queria um navio apenas para navegar nas ondas do rio ou do Mar, queria um navio pronto a invadir as galáxias. E queria bem mais: gozar a existência inteira naquele transe de fulgor. Matusalém se assustou, pois via a eternidade como um sonho de Deus. E o tempo, como um sonho dos homens. E nem todos os tempos juntos chegam a uma eternidade. É preciso que haja luz para não haver tempo. Quanto mais luz, mais a velocidade ficará imóvel de tanto correr. E tudo isso Matusalém não conteve: falou. Noé Eleazar reagiu com certa veemência, mas sem alterar a voz:

– Pai, viajarei na luz. Vou varar o infinito, de lado a lado. Do mundo visível ao absoluto. Se todas as coisas giram, roçando as orelhas do céu, o céu não é o acordar de Deus? Pai, deixa o sonho assentar!

Matusalém não replicou nem entendeu a relação do projeto do navio com a eternidade, como se ela por acaso velejasse. Seu filho parecia não querer ouvi-lo. Um pensamento não faz o céu, mas quantos céus podem voar num pensamento? E pressentiu que Eleazar, diante do ignoto, estava prestes a conhecer o atávico, que se desata nessa angústia da ciência pelo infinito, que não lhe era, nem de perto, ainda território seu. Também constatava o delírio que embasava a empreitada do filho, o medo da desconexão de consciência, o bicho-do-pé na alma. E esperou que o navio ganhasse carnadura maior, a fim de tirar conclusões. Não mudou sua rotina de caminhar, agora semanalmente, na direção de seu camarada, o Mar. Como se pudesse colher dele alguns apreciáveis conselhos. O Oceano o contemplava com olhos puros, líquidos, imaginando murmurar-lhe: "Cuida de que teu filho não ultrapasse os limites entre o sonho e a loucura".

Ficou em dúvida se tais advertências desciam nas vagas empinadas ou se desciam de suas desordenadas ideias, como imagens pulando de uma pedra na água. E, ao se arredar da outra pedra grande, o Mar, passou a pé pelo lendário riacho, deparando com a carcaça do navio montada. Noé Eleazar atravessava dias e noites na insônia criadora. Foi quando, aproximando-se impaciente do filho que segurava ferramentas, auxiliado por um operário, Leodegário Alberti – rosto ovalado, olhos de gavião piscando (tendo na banda esquerda uma pequena catarata), perito no fabrico de barcaças –, escutou de Noé estas palavras num acento de ternura:

– Pai amado, não te preocupes tanto comigo! Li do poeta Novalis um aforismo que me tocou, e o aforismo desmonta a ferragem dos dogmas: "Os sonhos demonstram a maleabilidade da alma pelo dom de penetrar qualquer objeto e converter-se nele". Assim se dá a união entre o meu sonho e este projeto. Como a serventia da casa perto da nascente do lago. Não temo enlouquecer, temo não alcançar o que mereço. Mas uma certeza deves ter: tentarei até o possível e o impossível.

Matusalém calou, desviando os olhos desentendidos que davam no escuro. E insistiu para que seu filho fosse para casa descansar.

– Continuaria depois! – enfatizou.

Leodegário sorriu, tímido, piscando. Mas Noé Eleazar era excessivamente obsessivo e nada o arrancava do que era sua vida, ou talvez sua indeclinável morte. Como se fosse o primeiro homem diante dos iniciais desenhos de bisontes na caverna, gravando-os sem o revés da memória. Indo além, como um menino de vocação visionária, com parceria no nascimento do mundo. Sim, pensou Matusalém, seu filho persistia com o semblante de garoto, as pupilas da mãe Lídia postas na harpa do cosmos, onde ressoavam outras cordas, outras desinências, cada vez mais irreveladas. Noé Eleazar era um mago edificando no navio a sua própria novela, que parecia incoerente, com associações, como nos sonhos. Naquela noite, Matusalém sonhou, o que não era comum em sua desarmada mitologia. Sonhou que a magnólia, árvore mágica no pátio da casa, era opulenta e florescia duas vezes ao ano, na primavera e depois no outono, e havia gotas de sangue nas acesas corolas. Viu o vulto de Noé Eleazar, seu filho, debaixo da magnólia. E uma voz dizia: "Deve ele se acautelar. O universo é armadilha de Deus. E nenhum vivo ousa tocar no limiar da eternidade!". Matusalém acordou e não dormiu mais, não logrou dormir. Aquela voz o atordoava e ele conhecia, como ninguém, a vida e a morte. Contou o sonho ao filho, e esse riu, como se tivesse penetrado nalguma espécie de loucura e não quisesse mais sair. Ou alcançado tal estado de inteligência quase beligerante, quase inocente. Os sonhos eram morada conveniente para alojar suas obstinadas visões. Matusalém repetiu, como se ditasse sem querer algum presságio, e de novo Noé Eleazar riu, ainda com mais convicção, e mudou de assunto.

Matusalém tivera um sonho contra o sonho de seu filho. O que vinha mais certeiro, aventuroso, nenhum dos dois sabia. Porque os sonhos deviam advir da mesma onda, da mesma extração da rocha na alma. Mas os de um e de outro eram imperiosos, não concebiam oposição nem avisos. Se consultassem ambos o Livro do Caminho, que no *Gênesis* fala de outro Matusalém e de outro Noé, teriam a resposta. O único que o fez, temente ao Senhor das alturas, foi o pai de Noé Eleazar, cujos olhos caíram sobre o *Livro de Jó*, confirmando o sonho como sinal funesto que se anunciava contra o filho: "Antes Deus fala uma e duas vezes; porém ninguém atenta para isso. Em sonho ou em visão de noite, quando cai o sono profundo sobre os homens. Então abre os ouvidos dos homens e lhes sela a instrução. Para apartar o homem de seu desígnio e esconder do homem a soberba. Para desviar a sua alma da cova e a sua vida de passar pela espada". Nem se viesse um anjo e advertisse Noé Eleazar, nada mudaria, tal sua teimosia e autossuficiência, essa que não é da arte: vem da técnica e sua suntuosa máquina de certezas. Dias e dias se amargurou Matusalém, e nada lhe competia, salvo ainda olhar para o filho, atestando a beleza de sua juventude e a efusão do gênio. Ardiam brasas ou jazerão cinzas. A loucura é impreciso juízo. E a imaginação faz sofrer mais do que a dor.

Mais três meses, com o auxílio do Colégio Principal onde lecionava e do governo, atento ao progresso, e também graças ao prestígio de Matusalém, o barco estava todo recoberto de digna madeira, com uma pequena popa, uma cabine e a tolda de aço alongando-se pela embarcação. Colocou-se um timão, o que antes não era planejado. Foi mantida a estação de força em forma de magnólia, com a energia do nada e outras complementares, invenção revolucionária na fabricação náutica. O que Noé Eleazar não previu, absorvido no sonho, Matusalém vislumbrou. Como uma cabra abocanhando o verdor do monte. Quando o audacioso inventor começou a ver, deixou inevitavelmente de ver. Desejou um navio para navegar o Oceano e depois ampliou o desígnio para catar nalguma esfera de velocidade o que é eterno. E todas as coisas – terrenas e celestes – tornam a girar sobre as mesmas órbitas. O que o navio podia calar era mais profundo do que singrava. Talvez tenha realizado, mais do que uma arte náutica, uma arte novelística e poética – o navio era apenas pretexto. "As ideias nascem doces e envelhecem ferozes", falou alguém. O que era um ato de fé principiou a ser também ato de demência, ou de atroz genialidade. E, ao invés de rejubilar-se, Matusalém estava sério, crítico, insatisfeito. A façanha do filho de engendrar tal navio tinha um grito amarrado na garganta. Ouviu dele:

— Agora vamos aguardar a primeira grande chuva e empurrar o navio ao riacho para que, igual a um rio, desemboque no mar.

Mediu a fundura da água e era maior do que julgara. Leodegário Alberti e vários outros homens ajudariam, com o reforço de poderosas cordas enganchadas no pontudo bico do navio, cuspindo algas. E, súbito, como se advinda de outro bico, o de um ocluso vulcão, reparou Matusalém na cicatriz sobre a fronte do filho e a imaginou borbulhar.

Aquietou-se, então, preparando-se para o adeus de Noé Eleazar, que dirigiria sozinho pela imensidão. Mas o que esse só esclareceria mais tarde, em casa, é que o navio estava revestido, como óleo, por palavras e palavras.

— Sem elas — afirmou — não posso navegar nem me erguer às estrelas. Nem me esmerar na visitação aos abismos.

E a resposta inesperada de Matusalém reboou como um martelo:

— Filho, filho, com o uso das matemáticas e outras virações da ciência, talvez teu navio seja a plenitude da metáfora. Não deixando de ser forma de eternidade. E, desde a fundação do mundo, é assim que o homem se expressa — acresceu.

Mas não se libertava da tristeza nem das pupilas caídas. Noé Eleazar o consolou:

— Não temas, pai! Ali está todo o meu sonho e vou alcançá-lo! Mais nada. Tenho os recursos necessários contra o naufrágio e outros perigos. Voltarei. Meu navio resiste mais do que uma fortaleza e mesmo uma cidade.

Matusalém sorriu de mau jeito e calou-se. Calou-se muito. Não se espantava com mais nada. Nem se a alma no sono fugisse do corpo, ou o corpo, sonhando, escapasse da alma.

— Somos formigas no universo, meu filho! Formigas no carreiro das estrelas.

— Somos homens, pai, capazes de lutar e resistir, inventar, desinventar, ocupar as águas da noite e os ventos do espírito.

Nasci para o desconhecido, provado com o fogo para a luz. Se Deus está no fogo, o fogo não se consome.

E Matusalém indagou e era inteiro nesta pergunta:

– O que esperas do fogo e mais ainda, se ambicionas não morrer?

– A morte – respondeu.

E o pai nada mais disse, apenas contemplou o rosto cheio de sol daquele que continuava seu menino. E pensou quanto ele estava na última frase vaticinando. Como se tateasse as profundezas. Ou viesse de longe o estremecer das pernas, o encoberto que não aceitava especular ou fantasiar. Depois o abraçou apertadamente, como se tivessem de existir no abalo que se ordenava, aos poucos, como arapuca ou emboscada no destilar do futuro, ou a soluçante neblina de Deus. Toda a doçura se alvoroçou naquele abraço, por debaixo do sol, sob o emburrado vento, do casulo voraz do firmamento, como de um circo em que o trapézio dos astros despencava de salto em salto. Mas só se ouvia o discurso dos pardais. Matusalém logo entendeu tudo. Com o peso de um pão sem fermento. Não poderia mudar nada, ainda que quisesse. Com a terrível consciência que o possuía, percebeu que naquele instante, além dos pardais, sabiás e pintassilgos que chilreavam nas janelas, as cigarras e as abelhas aproveitavam-se dos refugos do inverno, apesar de ser o mundo ininteligível pelo zumbir transitório dos sonhos. E assim a possível perturbação de Matusalém se adiava, talvez devendo antes esgotar o arsenal de aceitável alegria. Sim, compreendendo tudo, ou buscando ao menos entender que a ousadia é a angústia dos jovens e o desespero não tem pátria. E, por não quererem esquecer nada, até a segurança é esquecimento. Como um coelho na toca, aguardando o tempo de escapulir para as rochas, as atrasadas lembranças se aninhavam, encolhiam-se. Taciturnas no repuxo de lucidez. Ou onde a luz não tem repuxo algum. Nem o cavalo das atrelosas audácias do filho, galopando, galopando, era capaz de encolher as patas. Nem a camisa de seda azul que o vestia, afiada de ventos, se arriava um til de seu rumo. E era como se Matusalém pudesse contemplar o tear relvoso das Parcas. Se alcançasse dedilhar o gatilho do futuro para impedir o que o incomodava, o que o fazia tropeçar diante dos próximos eventos, seria ditoso. Não havia pontaria para o indizível, nem garrucha de avançar nos imprevistos, nem palavras que entortassem os intuitos procelosos de Noé Eleazar. O pampa de universo que levava nas veias e artérias era maior do que o entendimento das coisas que choravam o horizonte. E não ousava espiar para trás nem intuir a insensatez, que punha a cara inteira na vertigem. Uma falta, com saudade, sentiu, a de seu cão Crisóstomo, com quem desabafava e que fora, como queria um sábio poeta, ao paraíso dos cães. No que tange a seu filho, o que ele via branco Matusalém via preto. O que um via azul o outro via vermelho. Coisa de retina, de lentes enfumaçadas que não se ajustam. Ou apenas os olhos de um desembestavam a enxergar diferente do outro, ou o enfoque da alma diferia do corpo, fugindo ao controle de ambos. Mas não é o assobio que chama o bom cavalo, que se achega pelo tom do aviso do dono? É assim o destino, que nos reconhece. O homem é o que ele vê ou adivinha. Até pelas abas ou crinas do assobio. Todos os céus se vão alterando, os alvoroços se abrandam, as vertigens se desfazem e ajudam Matusalém a compreender que o que julgava era o que não conhecia. E que muitas coisas ultrapassavam sua inconsolada vontade, entregue somente a Deus. Não achava palavras para encher seu pensamento inteiro. Almejando que o antecipado augúrio fosse somente um tinir do solo por debaixo da sola dos pés do atinado nauta, um desequilíbrio da ideia no dilatar das horas, um prever desacertado no pino da brisa, um transpor a escada do peito, ou em varanda limosa do instinto, puxando-lhe os nervos já esticados, desejoso de não ser real o que sonhara sobre seu filho, mesmo que pressentisse que Noé Eleazar, na desassombrada popa, no abaulado porão da embarcação ou na porta dos fundos, sem o saber, entre palavras, houvesse escondido Caronte ou algum outro como ele, tramando. Tentando, com a velocidade da alma nas costas, atravessar a sina. Ou eram das largas costas os olhos que se encolhiam.

O que não relatei é que, sob o olhar do Sol, a sombra de Matusalém pesava ou se fazia leve, conforme o sortilégio das palavras que nele andavam como se fossem pele. E o que não pode ser ignorado pelos leitores é o diálogo entre Matusalém e Eleazar um dia antes do embarque deste, diante do casco do navio afundado na areia do riacho Nuvem da Fonte. Sem aviso, diante do olhar atônito do pai, a cicatriz da testa de Noé caiu, por si só, de podre, tombando suas mínimas cascas no assoalho, nas pernas do ancho sofá da sala. E não teve dúvidas, recolheu-as, pediu licença ao pai e foi ao pátio sozinho, enterrando-as sob o solo, perto de duas alfaces, tal se estivesse sepultando o espólio do nascimento. Os dedos tocaram a terra como se tangessem a água, fazendo sumir os peixes. Sem surdeira no sentir de ambos, este foi o diálogo:

– Nada a fazer e tudo a esperar! – falou o pai.

– Tudo a fazer!

– Nada. O tempo, Noé, é talvez.

– Talvez não existe, pai! É tudo ou nada!

– O que se altera não é essencial. A luz sabe o que faz. O pouco pode ser muito.

– Não para mim.

– É para a vida, maior que nós. E a vida é o que se espera.

– Não, é o que se faz. E ser humano é difícil. Até a noite nos dói.

– Se não formos humanos, não é dia!

– Exageras, pai! O dia raia mais por dentro do que por fora.

– Inventa-se, não é?

– O que somos nos inventa, o mais é ignorado.

– Isso é agonia!

– Agonia é a espera! As lágrimas, as pedras: nada disso conta.

– A condição não é maior do que o homem, e o homem é maior do que a espera.

– Suportar não é muito?

– Sim. Cuidando que os sonhos não sejam sapatos grandes para os pés.

– O pior: não pensamos o suficiente para ter de morrer.

— Tens juventude, e ela pensa por ti.
— Juventude é só ventania. Tudo ou nada. Depois...
— Depois o quê, filho?
— É preciso achar o fundo. Mais que os sapatos, calçar os cometas que gravitam no céu.
— O céu está longe, e os cometas... Não carece de encontrar as coisas, são elas que nos encontram.
— Mas me aborrece tanto a espera de as coisas me verem.
— A espera é uma árvore. Sentamos junto dela e pronto.
— A espera é uma árvore que não amadurece. Nós maduramos mais rápido que ela.
— Viver não sabe nada: nós sabemos. Mesmo sem saber. Sabemos lá nas raízes, desde sempre. Com a corrida água de viver.
— Vivemos, pai, cedo demais ou tarde!
— Ou é a escuridão que nos quer tocar antes da luz.
— Mas não toca. Seu chapéu é o clarão. Tudo!
— A humanidade ou nada!
— A árvore de Deus.
— E o céu está cheio de gritos.
— A humanidade ou nada.
— Ou esta árvore que não termina.
— Pai, esta árvore tem alma que se atrasa? Para nada serve!
— Se ela se atrasa, não sou eu. E por que ser severo com ela que se move nos frutos?
— Nada ou tudo.
— Filho, tudo se inventa de tudo. Ou se inventa de lembrar ou esquecer.
— A humanidade está em tudo e nada é insignificante.
— E o que temos, filho, senão esperar?
— Isso me exaure. Criar se cura criando.
— Deixa que o tempo morra, ou desapareça, para recomeçarmos. Noé, deixa o tempo no tempo!
— Sim, pai. O fato é que, quando recebemos uma pancada, dizemos que é a derradeira, e vem outra, e esquecemos, e outra nos pega na encruzilhada, ou no topo. Ou tentando ir mais além. Descalçamos o possível no impossível.

– É como a vida nos adverte de que ainda perseveramos, resistimos.
– Mas reparo que o espírito é mais frágil do que a carne. E mais leve, flexível.
– Não. É o espírito que arrasta a carne! A fé cria o impossível. Quanto mais impossível, mais real. Raciocinamos no que se avizinha, raciocinamos como se víssemos.
– Por que raciocinar agora, pai? Não consigo, e a chuva vem vindo, vem vindo! Como se a tivesse de carregar nos confusos ossos. Carregar a chuva é ir-se enchendo de apressada alma. Enchendo a alma de vento.
– Vejo, filho: o vento empurra a nuvem, empurra a mão da chuva. Vai empurrando!
– A chuva cai e com força me chama. Com a velocidade da alma nas costas.

CAPÍTULO DÉCIMO SÉTIMO

Com a chuva, o barco de Noé Eleazar zarpa e, ao subir, explode. Cada coisa gera sua dor e feroz circunstância. Matusalém, Robinson Crusoé do impossível, luta a favor do amigo Aerovaldo Bernardes contra a burocracia. Sabe que, enquanto tiver palavra, permanecerá com o Oceano, seu velho camarada que não acaba e onde a terra principia.

Não é que choveu e choveu? Como se um alambique estrondasse com cavalos tão velozes de água que, se o riacho se torna rio, o rio viaja para o Mar. E foi enchendo, enchendo de peixes e correntes, rolando o fluvioso corredor, com o vento enchendo o vento, até ele, de mais água. Era hora de o navio de Noé Eleazar zarpar. Era o navio saindo, empurrado pelas cordas possantes de vários homens. E Matusalém abraçou o filho, que lhe entregou a gaiola com o passarinho belga de sua estima. Disse ao pai que cuidasse dele, merecia, que diligenciasse alpiste e água, era bom companheiro. Depois, Matusalém viu Noé Eleazar entrar decidido no navio, tomando o leme e olhando, olhando o úmido céu e a alma que olhava nele, os deslizantes olhos de água do pai Matusalém. E esse pensou, pensou, deitando a infelicidade. Ocorreu-lhe que a inteligência comete desvarios que só a loucura pode corrigir. E não quis pensar mais nada. O navio foi rolando devagar como uma grande pedra. E alcançou o Oceano, o camarada de Matusalém, arredondando--se ali, até que o motor, sua estação de força, pegou errante na velocidade, como se fungasse luz. Era uma grande pedra com fogo na ponta. E osso de grilo o chicotear da Lua no beiço do navio. Noé Eleazar tinha pálpebras de ave ou aves impeliam suas pálpebras em delirante prazer. Nas pupilas, a imagem de

Simbad, o Marujo, que povoou sua meninice de aventuras ora no barco, ora no tapete mágico que se alteava. Não queria gastar os entendidos entre a fábula e o real, pois quem monta na aurora não pode apear.

As ondas eram também pedras grandes. O navio voava. E não demorou muito, ao ascender o navio com força quase impensável, a magnólia do motor, como no sonho de Matusalém, por energia excessiva, explodiu no espaço, e o sangue, o sangue, o sangue, e o corpo de Noé Eleazar rebentou em pedaços, estilhaços. Em tudo circulava puro o fogo. Com impacto igual ao de nuvens que se chocassem. E, como um trovão, o motor explodiu, atravessando o oceano, brotando a magnólia de sangue fora do pé. E a morte se conjugava, o amor se desalmava, mais que o esbrasear das ondas, e faz falta o amor. A invenção se voltou contra o inventor. E apalpou o nada, arredou o nada, despencou de nadas, devagar, célere. Com o desastre, o desastre: o navio estourou na garganta engolida do Mar. Estourou o indefeso Mar. E Noé Eleazar, com amargura que se adianta suave e clara, a alavanca infindável do nada. O Oceano abriu as pernas, abriu as pernas, abriu a terrestre ordem do nada. Nenhuma borboleta no calcanhar das vagas. Nenhuma onda então se alçava já tão lépida como uma borboleta. O que esgotara a vida esgotava o Mar. E caiu Eleazar das alturas, caiu do fundo de si mesmo, foi caindo, caindo. Funda, funda humana, não podia tombar mais fundo. Trovão de carne, pedra se esvaindo, se entreabrindo ao choque sobre a epiderme, o âmago. E gritava. E nada de ciência, nada, quando as coisas giram e voltam a girar pelas mesmas órbitas. Ninguém perde outra vida, senão a que perdeu agora. Atravessando a morte com a alma nas costas, atravessando as costas da morte com a alma. Esfaimados peixes comeram os restos do que fora Noé Eleazar. E seu pai soube logo da tragédia – não nos pormenores. Soube numa dor que gritava com as vagas e os astros. Não ficou alma alguma, só a boca cheia de morte. E os corvos desciam, procurando dilacerar o que achassem vivo. Estava em pleno Oceano a equipagem do navio em destroços. E tudo se movia na magnólia do vento.

Sangue, sangue, os cardumes enfurecidos. Foi quando Matusalém pediu ao seu camarada Mar que devolvesse os restos e, nos braços, o gigante verde, com olhos de maré, foi trazendo quase nada, até a margem, entre a salsugem, o rosto ainda belo, sem tronco nem nada, nada. A estupidez desampara a morte. Mas a morte desampara a estupidez.

Numa maca com lençol, Matusalém juntou os poucos restos, cobriu-os e chorou. E murmurava:

– Eu sabia, sabia!

Não conseguiu mais falar, com a voz entorpecida igual a uma pedra. Ninguém, como ele, conhecia a morte. Matusalém nem observou se a chuva cessara. Com dor geral, foi sepultado Noé Eleazar, num longo cortejo. Matusalém pensou em Crisóstomo, Lídia, Noé, e não disse palavra e nem a palavra o reconheceu no pranto. Ele tinha pedra dentro das lágrimas, chorava pedras e lágrimas. O que tirava debaixo do soluço também era pedra. A dor não tem rua, não tem cor. O mundo perdera as estribeiras, virara de cabeça para baixo. E a dor virara a testa para cima. A dor é um elefante com tromba e patas, esmaga. Tem pernas para ficar em pé, não para dobrar-se. Sufoca, esmaga. E Matusalém gemeu:

– Fui eu que morri em Noé! Agora não morro mais! Porque não se anda duas vezes na mesma morte.

Depois lhe chegou aos ouvidos a grave leitura do Salmo 23, na voz do pastor Frederico Josefus, sucessor do pastor Bentes, alto e encorpado, terno escuro, da Igreja evangélica que frequentara nos últimos anos. E o salmo do Rei Davi escorria sobre os cogumelos e papoulas no limpo vento. Antes de serem os restos de Noé postos sob a relva, uma pomba branca descansou no caixão e depois sobre o ombro de Matusalém, subindo então ao alto. E em Matusalém cruzou o pensamento de que, se a inteligência pratica loucuras, só a morte pode corrigi-las. E ela é tão veloz! Tão veloz foi saindo do ovo. Foi saindo. Sim, a morte que não corrige nada. E todos assistiram ao enterro mais concorrido de Pedra das Flores, o primeiro em que houve uma lápide, onde foi gravado: "Noé Eleazar quis o absoluto que o devorou e era um homem".

O poeta Marcelino Lopes, em honra do finado, compôs estes versos publicados no *Diário das Flores* sob o título "O argonauta", que, sem que o pensasse o autor, foi epígrafe de seu destino:

Ele buscou ser navio.
Tinha ambição entre as nuvens.
E não há nuvem que possa
segurar quem era chuva.
E a morte foi como luva
que colhe a mão, de macio.
E que a vida, no desvio,
pelo Éden se descubra.
Ele buscou ser navio
sem carecer de porto,
ovelha sob o redil,
foi apascentado morto.
Tentou pegar o vazio,
e apenas achou ferrugem,
ou engastado soluço.
E leva por dentro muitos:
todos num só, convulsos.
Combateu o provisório
e no alento se abrasava,
sem ficar um til no escolho,
ou flor por baixo da asa.
Cinza a cinza, golpe a golpe,
bafejou sua própria sorte.
Se alguma lei ordenava
tão solitário impulso,
o que pesou foi mais forte,
Viveu com a estrela no pulso.

Os poetas persistem, para não se extinguir o timbre da indignação, ou para exprimir um canto que não deserta dos degraus de nossa veterana esperança.

Matusalém queria sair correndo e não pôde. Ninguém lograva chegar até ele. Era uma pedra, desmoronando, que chorava. Com a morte, ali, ocupando tanto lugar, tanta crueza que não dava mais espaço na terra para morrer. Assim, muitos dias depois, encerrou-se em seu quarto na casa, e não atendia ninguém, e pouco ou nada comeu. Como se o peso das paredes lhe fechasse a porta. Buscava a morte, e ela não o desejava. Dormia sem termo, mesclando-se ao sono numa espécie de letargia. Para espairecer, pensou em girassóis e árvores brancas sob a garganta branca, branca, do céu. Lembrou-se da promessa feita ao finado filho, de cuidar do passarinho belga, e olhou atento, encontrando-o morto no chão da sala, estatelado. Não se sabe como escapara pela fresta da gaiola. Ou, kafkianamente, era somente uma gaiola à cata do pássaro. Fez o cálculo entre o falecimento de Noé e o do passarinho, seu único legado, coincidindo o momento em que aquele e esse foram tomados em alma. Ficou Matusalém contristado com a relação espiritual entre os seres. E tomou coragem, foi atrás das pegadas de Noé, sobretudo as de sua imaginação, e capturou um conjunto de mapas e manuscritos, com os traços e a letra enviesada e grande do filho. O segundo ato foi o de resguardá-los, respeitosamente, no armário. Viu os livros na biblioteca, a maioria de assuntos náuticos, ao lado de Nietzsche, *A divina comédia* de Dante Alighieri, a lírica de Camões, Machado de Assis, *As viagens de Gulliver*, os pensamentos de Marco Aurélio, um pequeno vade-mécum de Montaigne, o volume encadernado da Bíblia, ou Livro do Caminho, uma antologia de Voltaire, uma da chilena Gabriela Mistral e alguns outros volumes empilhados sobre a mesa. A pequena biblioteca que, para o filho, era o seu ducado, pormenor que o pai não obliterou. Sabendo que as relíquias não o substituíam, embora o representassem, na medida em que somos as coisas. Sem temer o impacto fantasmagórico dos objetos. O que não sucedia: vestiu roupas – mesmo limpas – que não combinavam. Emagreceu até na sombra, e alguns amigos se preocuparam com ele. Queriam arrancá-lo de casa e não obtinham resultado. Olhou para o espelho. Preservava sem fundo tantos semblantes. Nada parava no seu abismo, salvo a tocha de vultos brancos, ocultos. Mas havia sol lá fora, o sol, o sol o puxava. E por um período voltou ao ofício de faz-tudo. Mais para ocupar-se, e o sol puxava, raspava na luz as feridas. O tempo não transitava, como ele achou, dava voltas circulares. Mas com o sol Matusalém estremecia. E todas as estações a partir daí eram uma só, e ele punha sua descomunal energia como aprumo de sobrevivência. Cessou de perguntar, atingindo serena sabedoria. Apanhava os molhos dos raios solares, como trigo, apanhava o verdor das árvores na retina, sugava o cheiro de mel das abelhas nos arbustos, apanhava de novo a vida, que conhecia como ninguém, viu na praça se acenderem as roseiras, compulsou o andar do vento e era um homem contra o infortúnio. Não o derrotara. Nada o podia subjugar: com morada na alma. Se a memória é dor, e a dor memória, força é esquecer até não esquecer mais nunca, como se esquecesse. Descera aos infernos e voltava para o sol. Era um homem levantando o rosto para o dia. Logrando suster o espírito no homem para que o homem todo seja espírito. Mantendo o que jamais lhe arrancaram, a gruta mágica da infância. Seu peito era pedra. E se inflava, afirmando apesar de tudo: "Estou solto na imensidão". Com a noite por dentro e o sol por fora, até restar tudo sol. E bradava:

– Não existe impossível! Ainda estou repleto de palavras.

E as palavras estavam carregadas de Matusalém.

Talvez tenha sido essa energia, que não carecia de lapidação, essa força que se amoldava mais pelo sofrimento do que pela eternidade, essa força que se somava mais poderosa no infortúnio, que tenha feito com que se preocupasse com o velho Aerovaldo Bernardes, com leucemia avançada. Porque a dor maior cura a menor. A repartição onde trabalhara tantos anos adiava, com o processo, de sala em sala, a justa aposentadoria. Pretendendo, quem sabe, que o atingisse antes a aposentadoria de morrer. Matusalém, ao ajudar seu vizinho, se ajudava. Escutou dele a sentença que, irrecorrível, passou a acompanhá-lo, rufando nos corredores da autarquia, com o processo na mão:

"O governo nos rouba até o que não nos dá!". A repartição burocrata era um elefante, com tromba e imensas orelhas, esmagando nas patas processos, almas, fantasmas. E era preciso desviá-lo. Ao passar, uma jovem mulher loira lhe sorriu, com mechas de ouro escorrido na testa, como se o reconhecesse. Fixou nele os olhos, com lábios carnudos e cerejas. Sorriu também ele. E, como os vocábulos brilham, vibram ao ser designados e se aglutinam na vogal do nome, Nelma. Nelma era aquela distração no desejo, possível consoante do sexo. Sim, podia resultar em amor, mas não a cortejou nem cogitou em posse, nada se extinguindo de sua virilidade ou vigor. Acenou para ela, acenou apenas, e teve a resposta que o instinto adivinha. Mas se acalmou, endureceu, até que o vapor da luxúria passasse. Ó como as raízes pendem para o fundo do coração! Mas o coração penderá para as raízes? As raízes se ataram em que lado do coração? Apesar do que sofrera, "a esperança é a meninice do mundo". E Machado de Assis tinha cautela de aguardá-la na frase e no rocio da infância. Com uma civilização que se exaure de civilização.

O que julgara resolver na repartição pública não resolveu. Não resolveria nunca, como não nasce nada, nem uma bonina, sob o avantajado andar do elefante burocrata. Protelar é artimanha sem telhas, buraco de juncos na casa, onde vai o pó das trevas. Mas paciência é se encostar em Deus. Matusalém insistiu, insistiu, e no foro de Pedra das Flores foi atrás de um advogado que ali atendia as partes, alcançando desse o pedido ao magistrado de uma ordem judicial para a imediata aposentadoria de Aerovaldo Bernardes, tendo em vista a contagem dos anos. Como se tivesse coceira nas ideias, não se arredava sem o abraço do dr. Geraldo Vianna Carneiro, encompridado, fronte ampla, cabelos muito brancos que contrastavam com a tez escura. Por sinal, conhecia-o de nome e o fez entrar na sala de audiência. Matusalém foi direto:

– O que estou postulando é nada mais que um direito. A burocracia estatal emburreceu mais ainda depois da guerra. Ou se extraviaram documentos ou processos, o que não atesta nenhum senso de humor.

O juiz, sobre o estrado onde se assentara, foi favorável à solicitação. Depois, Matusalém, no cartório, de mandado assinado, exigiu seu cumprimento na repartição do governo. Entre raiva e astúcia, não sofismava nas demoras. Não tinha de amargar o fruto. Engasgando de faltar a hora por não conseguir mais rir. E, ao vizinho agradecido, falou, jocoso:

– A vida não precisa inventar. Mas a burocracia é incrível! Dorme e só acorda à força!

– Talvez porque esteja cansada?

– Não quer sair do lugar.

– Como?

– Não se explica a ignorância. Posso explicar a fadiga.

– É uma ignorância que se exaure sozinha.

– Como podem cansar-se os ignorantes?

– Os entusiastas incompetentes, esses sim precisam de sono.

– Porque não sabem o que fazem!

– Mas o sono é privilégio dos justos, e a burocracia tem seus guardiões, cuja função é negar acesso.

– Negam o que não têm e não é deles.

Uma boa risada separou os amigos. E esse gesto de beneficência a favor de Aerovaldo foi-lhe tão venturoso que seu ouvido não se assustou da boca. E a bondade gosta de si mesma. Gravado seja: o prazo entre o mandado e a entrega do documento definitivo foi de sete dias. O tempo em que foi feito o mundo e Deus repousou.

Somos nossas imagens. E todas se gravaram na memória de Matusalém, ainda que embaciadas, e ele seguiu. Seguirá sempre. Tinha o sabor de terra entre os dentes, sabor de sol na boca. E o vinhedo: conversar com palavras, como se não precisassem significar. Os segredos da morte não os revela a vida. E os segredos da vida não os revelam os sonhos. Mas os segredos de existir pela eternidade sem a morte não os revela nada.

– E digo o que ninguém pode estar dizendo e sentindo, digo, digo. É mais o que quero dizer. E tenho olhos grandes de tanto chorar, olhos cheios de Deus, olhos que não serão da terra – Matusalém desabafou, e era povo.

E a terra não vai comer seus olhos, a terra não! Tinha saudade da meninice, e tamanha que passou a frequentar o pátio da escola de crianças perto de sua casa, com inocência tão parecida e sem maldade que o reconheciam como igual, riam com ele, criança ainda. E elas dançavam a roda das flores, a roda dos montes, a roda do amanhecer e a de infância do paraíso. O que monta na aurora não apeia.

Fitou mais uma vez o Oceano que se mexia, molestado, como se tivesse cupins na sua madeira e os jogasse fora, com fúria. Tal se um deles se enfronhasse, por acaso, no jaleco de anêmonas.
Vai, Matusalém, homem não é rio, mas pode ser, com o pé que se perde na calma da maré ou na travessa do fundo. Então te tornas rio e ninguém impede teu curso. Porque captas o mais vivido, o que ninguém tira. Nem te compete saber muito antes, saber é ignorar tanto o que se sabe que te endureces de estrelas. Vai, Matusalém, consciente de que esse rio do homem não quer ir a nenhuma parte, com as coisas que acontecem ao estarem prontas. E é com o vivo que escondes todos os vivos. Como um córrego de apadrinhar sombras. Ou sombras que vão transportando os córregos das velhas idades. Ainda que o eterno venha a pé ou cavalgue em seu cavalo, vai, Matusalém! Na morte, és filho de teu filho e filho de tua mãe, até não haver mais morte e começares a ser pai de ti mesmo, depois avô dos séculos. E, quanto mais usas a alma, mais forte, mais forte te advém.
Por não querer mais calar diante do existido, toma a voz, falando aos viventes Matusalém, sem o recuo da alegria:
– Quero dizer algo que ninguém vai dizer: estou vivo! Sei de cor os minutos que vão no trilar dos passarinhos. Estou vendo tudo e não há tempo. Nem quero vê-lo! Apanho o que me encontra. E mordo a mão do que me estorva.
E, zombando dos calendários, continua:
– Sem relógio, o que sobra do tempo? Nós que o inventamos. E eu, que tanto insisti no fim do mundo, reparei que inexiste fim, tudo é começo. O presente é fabuloso, e névoa de névoa o passado. Ou viveiro de pássaros.

E registro: Matusalém não encanecia. Como seus verbos e provérbios. "Foi condenado a não morrer", pensavam com razão seus amigos. Mas ninguém há de ser condenado a fazer amizade com a fábula, o mundo e os juritis. Parando o tempo fora, dentro também para.

"Todos somos vultos do impossível", pensou. Seu corpo se firmara como um pomar de ossos. E contemplava o Mar, que permaneceu seu camarada, por não ter nenhuma culpa na desventura do filho. Os dois se cumprimentavam, afeiçoados. Andando juntos, por estarem de acordo. As águas assistiam, sentadas numa onda.

– Eu sou eterno! – confessou. – Os personagens dos historiadores passam, eu, Matusalém de Flores, não. Venho de um sonho que não desaparece. Com suas cargas de alma.

Estava de pé diante do Oceano. Quantos rumos revirou, quantas cabeceiras da manhã ou do sofrimento percorreu, quantos remos da noite de costas impeliu, quanto mel escuro, ao atravessar as coisas, degustou. Não lhe faltava nada, salvo seguir, sem olhar para trás, exclamando:

– Sou um esforço, um grande esforço de durar. E tenho palavra. Sim, tenho palavra suficiente para não morrer. Quanto mais palavras, mais liberto estarei. Quanto mais palavras, mais a morte fica adoentada e velha, sem conseguir andar. Quanto mais palavras, menos restos sobram da morte, nem um caco de sombra.

Era como se tivesse atingido o mais alto cimo. E quantos cimos fazem parte da infância? Quantas infâncias têm os cimos? Perdemo-nos ao contá-los. O fato é que ele apenas estava dando voltas para elas, igual às gaivotas, em círculos. A volta sem medida de Deus.

Matusalém sentia, sob o sol, pesar o corpo, e na escuridão era leve pela carga das palavras. Com elas, praticava irrefutável longevidade, que não se amortecia na matéria nem no espírito. Certo de que só se colava à alma uma coisa, a estupidez. Não era filha da inocência nem da fortuna. E, para alguns, não para ele, tinha parentesco com a virtude. Mas quando a virtude pode ser estupidez? A longevidade não se improvisa.

Vai, Matusalém, esforça-te! Não tens limite de lugar. Onde alcançarem a ponta dos teus pés, possuirás. E não escorrega tua razão, como um cavalo do seu coice. O que te possui possuirás.

Vai, vai, suporta o peso das estrelas! A vida não brinca de contar dedos, quer contar as estrelas. Vai, Matusalém, tens fôlego até Deus!

Decerto, ao ser suspensa a morte, suspende-se a semente. E, ao suspender-se a semente, suspendem-se os frutos. Ao serem suspensos os frutos, paramos a vida em plenitude e então não deixaremos de prendê-la em nós, existindo torrencial e infindavelmente. É quando a infância nos revela outra infância, a de Deus. Ao sermos inventados pela infância e seus irrecusáveis sonhos, não podemos perecer. Desaparecendo, com o redimir do sangue e o debulhar do amor, as divisas entre homem e Deus. Outros serão levados para a terra, por terem gasto suas palavras. Matusalém tem palavras demais para gastar, perdendo a aritmética na luz. E não morrerá só por natureza, também por travessia, como se agarrasse a sina nos dedos, sem largar. Consta que a morte é cega desde o ventre. E só alcança ferir por tato ou pelo cheiro: farejando os vivos. E Matusalém só guarda, intocáveis, suas palavras, o que é sagrado e inodoro para a morte, que a ninguém poupa, nem a si mesma. E muito cala no vagar da conversa com seus finados, ali no miolo do pampa, apalpando os espaçosos verdes, cheios de abraços. O pampa é dentro do pampa. E não tem medo de nada. O que acostuma os olhos acostuma a alma. E o que cresce é horizonte, depois brota amor. Com o escuro, caroço de claridade. Sim, o vau do pampa é voragem. Ou pote com mel de fogo. E, por acender a palavra de espírito, Matusalém é do pampa, é de todos os países, todas as idades. O que monta em pampa não apeia, o que monta na aurora também não!

Matusalém caminha e o rumo se economiza. É como se houvesse se encostado na Lua. Diante das gerações. Tudo tinha significado naquele instante e não deixaria de tê-lo depois. Tudo era símbolo e, aonde as pupilas vão, é o real. Não se concluindo nunca, igual aos vaga-lumes de céu em céu. Espiando no vagaroso a imortalidade. Ela própria, sem óculos, espiando-o. Se usa óculos, é somente para esconder a fundura das pupilas. Porque nunca se soube que era míope. Viver não atrasa o futuro. Nem se muda cavalo na jornada, salvo se, depois dos vendavais, em seu cansaço. Nem para ele as Parcas rodam o inconstante tear, por cãibra nos dedos. E o vivo vem de onde não se olha, nem se confere ou incomoda. E junta-se ao mais vivo.

De onde não se avista.

Vai, Matusalém, Robinson Crusoé do impossível! Criaste o risco e és a seta, o impulso. Vai, nasceste para haver mundo, mesmo que à voz humana não se ouça, não desistirás e, entre ruídos ou gemidos, ficarás ali. Até que com clareza a escutes. Vai, os vivos levam tudo adiante, praticam a longevidade com a infância. Vai, as coisas se inventam ao começar e continuarão se inventando até não terem fim. Vai, Matusalém, quem está vivo não precisa saber quanto está vivo. A história não é apenas escuridão, é o reino dos que resistem. Vai, Matusalém, cada um tem sua quadra de violetas e é hora de permanecer. Caminhas em círculo e não acabas. O girar é perpétuo. Vai, vai, pacificado!

Morrer é enfiar a cabeça no buraco errado do sono, e Matusalém não aceita nem quer aprender a morrer, não aprenderá jamais. Nem saberá nunca de tanto que morreu. E, se a cara aumenta a morte, depois é maior do que a morte. E, se é morosa a escuridão, muito veloz é a luz, mais ainda é o amor. Ao engolir a noite, Matusalém foi engolindo a luz, engoliu o Sol. Avançando no humano, invencível espaço que não será ultrapassado. Porque sua alma e seu corpo, duradouro investimento de existir, são eles também palavra, que em Matusalém ascende, clarifica como espelho severo da aurora. E existir é de tal forma extraordinário que, se a consciência não esfriasse, talvez enlouquecesse. É importante que esfrie, para a administrável lucidez, para que a beleza não desista na bolha transitiva dos desejos. Seja a santidade embriaguez de suportável eternidade. Com saber tão vasto que Matusalém se unificava ao cosmos, como um cavalo ao dono. Não reagia se as coisas não pareciam acontecer: "Algumas acontecem por dentro", pensava. Nos espinhos, urzes, pedras, a dura roda da palavra triunfava. E a palavra, queiramos ou não, é feita de obedecer à luz. Mas a grandeza não teme a si própria. Nem cuidava ele de ter ido tão longe, ou que conduzido fosse pela sina a esse sítio que não se sujeita ao turgir das chuvas nem às bochechas da escuridão ou às tulipas nas bochechas de empurrar o dia. Matusalém está suficientemente pronto para não parar. Sem impedir as abas de ervas e os sinos dos percalços. Sim, a mula, o destino, foi arrastada ao buraco e a morte de costas desabou. Ficando ali sem sentidos. A golpes de pá, sem paz, enterrada, jaz no lacre da terra. E não a viu nem verá. São os olhos da morte que capturam e destroem até ser ela própria consumida. E os de Matusalém, cândidos e acesos, pairam na serenidade sem fereza. As perdas não se reduzem nem diminuem sob o limo. Como óculos dentro do sapato. Apenas se adaptam à umidade e à pedra do infortúnio. E, pegando a palavra na mão, Matusalém, atinado de alma, falou:

– Errei de conta com o tempo e ele errou de conta comigo. Estamos quites. Não vou contribuir para a terra que carrego nos ossos nem vou andar na semente. Nasci infinitamente. Como as nuvens e o pampa. Peguei licença sem prazos e prazos sem licença. Sou Noe Matusalém, o insuflado de vento, que se depura de não conseguir morrer, com os sentidos cercados de viagens. Tão longe dos olhos, dentro do coração. E a palavra não me deixará sozinho quando se avolumar no celeiro. Não me deixará sozinho, sendo no sangue palavra. Cerzido fui sem as retinas da morte, cerzido num estado prodigioso de espírito. Não careço de entender, é o resistir que vai sendo entendido, deslindado e basta. Talvez por faculdade dos sonhos. Caído no eito de fábulas, bichos, seres falantes. Com o fulgor de muito poderem os olhos. Tem vida própria o porvir, por conter dois sóis no mesmo eixo e várias estrelas no pátio da Via Láctea. E entender é aninhar-se por dentro. Acabei entendendo tudo o que me custou, já que o sentido era maior do que eu. Acabei entendendo o que a vida pretende. E, quanto mais o entendimento está na raiz, mais íntimo habito a árvore de Deus. Depois acabei entendendo que a raiz é o cimo, e o cimo carece intensamente da raiz. O sol que se recosta no pícaro reflete seus raios nas entranhas. E não desejo reclamar dessa liberdade de haver dentro da árvore o rio. No rio, a infância que não termina. E, na infância, longevas, todas as outras que se ocultam. Quando só resta uma memória, a dos sonhos. E o corpo é soluçante indício da alma. E jumento, jumento, o coração. Sobre o jumento, a glória. Ou um balão, de inflado bojo, que ao ter fogo na bucha para o alto sobe, sobe, sem voltar. Balão-Absalão, preso aos cabelos. E glória, glória ao vento! Amor se paga amando. De amor vem o contar da verdade e da fábula o contar do esquecimento. Com as ideias que, ao envelhecer, se devoram, entre monstros e formigas. Mas o que monta na aurora não apeia. O que monta na eternidade jamais se esgota. E o que monta na luz entra com a luz da meninice. Sem ter sequer um alqueire de ar ou economia de brisa nas narinas. Com o hoje do amanhã sem emendas. E o tácito pampa desdobrado sobre os ombros. Espiando com a palma da mão. Ou são os dedos espiando. Sozinhos. Mesmo não sabendo aonde vai parar, interessa-lhe seguir certo de que nunca vai parar. Com o limpo de alma que não desvaria. E as palavras que sustentam Matusalém não cessarão de existir. Também porque é ele que as sustenta. Além disso, quanto mais usava a alma, menos se acabava. Por ser parte da grande alma que pertence a todos e por todos se anima. Certo de que a grandeza passa incólume, como incólume Matusalém transita por ela. E o Oceano começou a ficar cego de tanto narrar, tendo ouvido apurado e muito velho. Mas Matusalém, certificando um trato sem neblina ou escuros, por tanto fixar o ancião do Mar, apontou com a mão para as águas, afirmando, confiado:

– Sou onde o Oceano não acaba nem a Terra principia, com tantos cavalos rinchando nas vagas, suando de céu. Com tantos céus no bico das aves, com tantas jardas para alvorecer, tantas voltas no sonho de Deus.

E Matusalém entrou nas águas, e as águas foram entrando nele, como duas chamas uma na outra. Que o grande Mar não pode nem sabe como acabar.

POSFÁCIO

De como o autor explica o brotar do livro e a metafísica dos percevejos, que são fruto da perseguição de Marcelino Lopes, poeta e geógrafo. A explicação da energia do nada usada por Noé Eleazar e a inspiração advinda de Diógenes, o filósofo. Mais a certeza de que com o leitor é que viverá o livro.

Este romance foi escrito de forma quase convulsiva, depois de ordenar-se em mim um tempo antes. Nasceu em abril e findou em setembro de 2012, na Urca, Rio de Janeiro. Matusalém nada tem a ver com o homônimo bíblico, com a distância de séculos entre um e outro. E Noé, seu filho, também não contém alusão ao filho de Lameque, salvo no amor náutico e na obsessão de construir um navio.

Os pensamentos-percevejos que perseguem o poeta e geógrafo Marcelino Lopes são irrefutáveis conjeturas de uma alma, que tendem a ser, se meditarmos, o mapa de muitas almas. Mas é uma metafísica que, na loucura ou lucidez, deixamos ao gosto dos leitores.

A referência à energia do nada, utilizada como avançado combustível, entre outros, no motor do navio de Eleazar, teve seu aproveitamento preconizado por eminentes cientistas que aplicaram equações para estabelecer a energia do vácuo no espaço, onde a gravidade é fortíssima: um feixe de nêutrons, espécie de estrela bastante compacta. Trata-se de um desafio da cosmologia intentado por Noé Eleazar, com espírito audacioso, para não dizer pioneiro. O capítulo segundo, num e outro caso referentes ao filósofo Diógenes, foi inspirado em Nasrudin, ou melhor, Mullá Nasrudin, que teria vivido no século XIII e o qual, segundo alguns, não é importante saber se existiu ou não.

No capítulo terceiro, com modificações, exsurgem duas notas da experiência sufista do mencionado pensador turco, que se inserem na narrativa como de nascença. Com certo humor andarilho. O mais cabe absorver e usufruir, ciente de que a verdade da ficção está na capacidade de crer e imaginar do leitor. O livro fará seu destino, e o destino, o livro. Pois, quando o leitor chegar ao fim desta história, de uma palavra à outra, ou de um sonho que vai achando dono, ou por um somenos de esperança, viverá comigo.

Rio de Janeiro, 21 de novembro de 2012
O servo da Palavra, Carlos Nejar.

DADOS DO AUTOR

Carlos Nejar nasceu em 11 de janeiro de 1939, em Porto Alegre. Procurador de Justiça, atualmente aposentado, radicou-se na Morada do Vento, em Vitória, Espírito Santo. Pertence à Academia Brasileira de Letras, cadeira 4, na sucessão de outro gaúcho, Vianna Moog. Eleito também para a Academia Brasileira de Filosofia e o Pen Clube do Brasil, recebeu a mais alta condecoração de seu Estado natal, a comenda Ponche Verde, bem como a grande Medalha da Inconfidência, de Minas Gerais, em 2010, a comenda do Mérito Aeronáutico e a comenda Domingos Martins, do Espírito Santo, em 2012. Chega aos 75 anos, graças a seu espírito renascentista, com fama de poeta reconhecido, tendo construído uma obra importante em vários gêneros – tanto no romance quanto no teatro, no conto, na criação infantojuvenil. Publicou, agora em 3ª edição, sua *História da literatura brasileira*, na qual assinala a marca do ensaísta. Foi considerado um dos 37 escritores-chave do século, entre trezentos autores memoráveis, no período compreendido entre 1890 e 1990, pelo crítico suíço Gustav Siebenmann, no livro *Poesía y poéticas del siglo XX en la América hispana y el Brasil* (Madri, Gredos, 1970).

Teve sua poesia reunida, *A idade da noite* e *A idade da aurora*, publicada pela Ateliê Editorial e Fundação Biblioteca Nacional, em 2002. Ao completar 70 anos, publicou a reunião da maior parte de sua poética, com *I. Amizade do mundo, II. A idade da eternidade* (São Paulo, Novo Século, 2009) e *Odysseus, o velho* (2010).

Suas antologias foram: *De Sélesis a danações* (São Paulo, Quíron, 1975), *A genealogia da palavra* (São Paulo, Iluminuras, 1989), *Minha voz se chamava Carlos* (Unidade Editorial-Prefeitura de PA, RS, 1994), *Os melhores poemas de Carlos Nejar*, com prefácio e seleção de Léo Gilson Ribeiro (2. ed., São Paulo, Global, 2012); *Breve história do mundo*, com prefácio e seleção de Fabrício Carpinejar (Rio de Janeiro, Ediouro, 2003).

Romancista de talento reconhecido pela ousada inventividade, entre suas publicações estão *O túnel perfeito, Carta aos loucos, Riopampa, ou o moinho das tribulações* (Prêmio Machado de Assis da Fundação Biblioteca Nacional em 2000) e *O poço dos milagres* (prêmio para a melhor prosa poética da Associação Paulista de Artes, de São Paulo, 2005). É autor de *Teatro em versos: Miguel Pampa, Fausto, Joana das Vozes, As Parcas, Favo branco* (Vozes do Brasil), *Pai das Coisas: auto do Juízo Final (Deus não é uma andorinha)* (Rio de Janeiro, Funarte, 1998).

Em 2011, pela editora Leya, foi lançada a 3ª edição de seus *Viventes*, trabalho de mais de trinta anos, espécie de "comédia humana em miniatura". Publicou, em 2012, *Contos inefáveis*, pela editora Nova Alexandria, de São Paulo; *Um homem do pampa*, editora Corag, com o apoio da Secretaria de Cultura do Rio Grande, Porto Alegre; e *Fúria azul*, pela Ateliê Editorial. O escritor gaúcho, traduzido em várias línguas, tem sido estudado nas universidades do Brasil e do exterior.

OUTROS LANÇAMENTOS DA BOITEMPO EDITORIAL

18 crônicas e mais algumas
MARIA RITA KEHL
Orelha de **Christian Dunker**

A Bíblia segundo Beliel
FLÁVIO AGUIAR
Orelha de **José Roberto Torero**

Cypherpunks
JULIAN ASSANGE, COM JACOB APPELBAUM, ANDY MÜLLER-MAGUHN
E JÉRÉMIE ZIMMERMANN
Tradução de **Cristina Yamagami**
Apresentação de **Natália Viana**
Orelha de **Pablo Ortellado**
Quarta capa de **Slavoj Žižek**

O homem que amava os cachorros
LEONARDO PADURA
Tradução de **Helena Pitta**
Prefácio de **Gilberto Maringoni**
Orelha de **Frei Betto**

Mulher, Estado e revolução
WENDY GOLDMAN
Prólogo de **Diana Assunção**
Orelha de **Liliana Segnini**

A rima na escola, o verso na história
MAÍRA SOARES FERREIRA
Prefácio de **Mônica Guimarães Teixeira Amaral**
Orelha de **Moisés Rodrigues da Silva Júnior**
Quarta capa de **Alípio Casali**

Selva concreta
EDYR AUGUSTO
Orelha de **Marcelo Damaso**

📖 SELO BARRICADA

Último aviso
FRANZISKA BECKER
Tradução de **Nélio Schneider**
Quarta capa de **Laerte e Alice Schwarzer**

📖 COLEÇÃO TINTA VERMELHA

Brasil em jogo
ANDREW JENNINGS, JORGE LUIZ SOUTO MAIOR ET AL.
Apresentação de João Sette Whitaker Ferreira
Quarta capa de Juca Kfouri e Gilberto Maringoni

Cidades rebeldes
DAVID HARVEY, ERMÍNIA MARICATO ET AL.
Prefácio de Raquel Rolnik
Quarta capa de Paulo Eduardo Arantes e Roberto Schwarz

📖 COLEÇÃO MARXISMO E LITERATURA

O capitalismo como religião
WALTER BENJAMIN
Organização e prefácio de Michael Löwy
Tradução de Nélio Schneider
Orelha de Maria Rita Kehl
Quarta capa de Jeanne Marie Gagnebin

Marx, manual de instruções
DANIEL BENSAÏD
Tradução de Nair Fonseca
Orelha de Marcelo Ridenti

📖 COLEÇÃO ESTADO DE SÍTIO

Altíssima pobreza
GIORGIO AGAMBEN
Tradução de Selvino Assmann
Orelha de Edson Teles

Ditadura: o que resta da transição
MILTON PINHEIRO (ORG.)
Prefácio de Marcos Del Roio
Orelha de Marcelo Ridenti

O novo tempo do mundo
PAULO ARANTES
Apresentação de Marildo Menegat
Quarta capa de Pedro Rocha de Oliveira

Carlos Nejar por Iberê Camargo

Publicado em julho de 2014, ano em que o artista Iberê Camargo faria 90 anos e no qual se completam 20 anos de sua morte, este livro foi composto em Adobe Garamond Pro 11,5/13,2 e impresso em papel Norbrite 66,6 g/m² pela Intergraf, com tiragem de 1.500 exemplares.